广雅

聚焦文化普及,传递人文新知

广大而精微

故事里的中国 5

唐诗风云

公孙策 著

广西师范大学出版社
·桂林·

唐诗风云
TANGSHI FENGYUN

本书中文繁体字版本由城邦文化事业股份有限公司-商周出版在台湾出版，今授权广西师范大学出版社集团有限公司在中国大陆地区出版其中文简体字平装本版本。该出版权受法律保护，未经书面同意，任何机构与个人不得以任何形式进行复制、转载。

著作权合同登记号桂图登字：20-2022-058号

图书在版编目（CIP）数据

唐诗风云 / 公孙策著. --桂林：广西师范大学出版社，2023.9

（故事里的中国；5）

ISBN 978-7-5598-6207-5

Ⅰ．①唐… Ⅱ．①公… Ⅲ．①历史故事－作品集－中国－当代 Ⅳ．①I247.81

中国国家版本馆CIP数据核字（2023）第133844号

广西师范大学出版社出版发行

（广西桂林市五里店路9号　邮政编码：541004）
　网址：http://www.bbtpress.com

出版人：黄轩庄

全国新华书店经销

广西广大印务有限责任公司印刷

（桂林市临桂区秧塘工业园西城大道北侧广西师范大学出版社集团有限公司创意产业园内　邮政编码：541199）

开本：787 mm × 1 092 mm　1/32

印张：6.25　　字数：125千

2023年9月第1版　　2023年9月第1次印刷

定价：52.00元

如发现印装质量问题，影响阅读，请与出版社发行部门联系调换。

序
帝国巨变中的诗人心境

大唐,天可汗的朝代,中国人的历史骄傲,壮盛、繁荣、绚丽,是吧!

但事实却不尽然。

首先是帝国的版图。帝国直辖治理的领土,跟我们的一般印象很不一样,原因就在"天可汗"是所有部族的可汗,因此草原部族只是名义上臣服。帝国基本上只管农业地区,而那道界线大致就是气象学的400毫米等降水量线。

天可汗的廓然大度,在国力强盛时不是问题,可是一旦国力衰退,就成为国防上的弱点。而国力衰弱,则是难以避免的。

自唐高祖李渊称帝到朱温篡唐,将近三百年。简单分成两部分,前一半是大唐盛世,天下太平,四夷宾服;后一半则藩镇跋扈,朝廷几无威信可言。前后的分水岭是唐玄宗的两个年号,开元与天宝,前者是巅峰,后者转趋向下,而转折点是安史之乱。这本书的涵盖区间,大致就是大唐帝国由盛转衰的那一段，前后一百多年。

唐朝留给中国人的，除了"天可汗"的骄傲，还有文学上的璀璨遗产——唐诗。隋唐废除九品中正，开始以科举取士。那意味着寒门士子可以通过考试求取仕进，因而唐朝的文学活力旺盛，唐诗之盛放毋庸赘言，唐人传奇更开启了后世小说家的门扉。然而，那些才华洋溢的文学之士，怀抱盛世理想，却处在动荡年代，周旋于军阀、权臣、朋党，乃至宦官之间，随时局而浮沉。他们的心境如何？

最著名的唐朝诗人当数诗仙李白与诗圣杜甫，他俩的生平则刚好见证了大唐帝国由极盛而急转衰弱：出生于开元盛世，拜盛世之赐，得以游历四方，并且交游广阔，见闻广博。但是又经历一场大乱，造成他俩的颠沛流离，而那些颠沛过程，也丰富了他们的作品，这是当时诗人的"幸与不幸"。

"文起八代之衰"的韩愈对李白、杜甫的诗推崇备至，有"李杜文章在，光焰万丈长""少陵无人谪仙死"等名句。（李白被称为"谪仙",杜甫自号"少陵野老"。)透过诗仙与诗圣的作品,感受文学家在变局中各个阶段的心境,绝对有助于我们感受当时的实际情况。

本书顺着历史的进行,带进文学家的故事,同时揣摩他们当时的心境。书中引述文学家的诗文,对当时人物与政治进行褒贬,印证当时的时局变化。

公孙策

目录

序 ... i

第一篇

帝国巨变中的诗人心境 ... 3

安史之乱

李杜文章在，光焰万丈长 ... 7

㈠ 开元盛世·雄心日千里 ... 10

㈡ 张九龄·今我游冥冥 ... 13

㈢ 李林甫重用蕃将·天子非常赐颜色 ... 17

㈣ 白手还山·天子呼来不上船 ... 23

㈤ 野无遗贤·骑驴十三载，旅食京华春 ... 29

㈥ 范阳兵变·渔阳鼙鼓动地来 ... 35

㈦ 双城忠烈·睢阳齿，常山舌 ... 42

㈧ 潼关失陷·朱门酒肉臭，路有冻死骨

㈨ 马嵬兵变·六军不发无奈何，宛转娥眉马前死

第二篇

藩镇割据

无有一城无甲兵

(一八) 逼反仆固怀恩·殿前兵马破汝时 102
(一九) 河北诸镇·红线盗合 111
(二十) 泾原兵变·聂隐娘 116
(二一) 李锜与杜秋·劝君莫惜金缕衣 123
(二二) 宰相遇刺·还君明珠双泪垂 127
(二三) 雪夜入蔡州·四夷闻风失匕箸 133
(二四) 碑文惹风波·雪拥蓝关马不前 144

49 ⑩ 太子即位·烽火连三月，家书抵万金

54 ⑪ 李泌与房琯·对棋陪谢傅，把剑觅徐君

61 ⑫ 上皇回京·百官何日再朝天

68 ⑬ 流放获赦·轻舟已过万重山

76 ⑭ 生死见真情·冠盖满京华，斯人独憔悴

82 ⑮ 老骥伏枥·孤凤向西海，飞鸿辞北溟

88 ⑯ 大乱平定·青春作伴好还乡

94 ⑰ 落花时节·飘飘何所似？天地一沙鸥

第三篇

牛李党争

去河北贼易，去朝廷朋党难

- ㈤ 临江之麋柳宗元·江流曲似九回肠 151
- ㈥ 元稹身不由主·曾经沧海难为水 156
- ㈦ 杜牧潇洒不羁·十年一觉扬州梦 162
- ㈧ 白居易左右不是·江州司马青衫湿 167
- ㈨ 刘禹锡我行我素·前度刘郎今又来 172
- ㈩ 李商隐怀才不遇·一生襟抱未曾开 181

尾声

落花流水 186

第一篇 安史之乱

李杜文章在,光焰万丈长

李白一心以为他加入的是"王师",而且帝王大业在望。殊不知唐肃宗已经即位,而他加入了"叛乱团体"——等到他知道,已经上了贼船。

一 开元盛世

雄心日千里

大唐帝国的两个盛世：唐太宗贞观之治与唐玄宗开元之治。这两个治世中间，是一代女皇武则天的时代。武则天篡位，国号"周"，可是"武周"只有十五年，仍归在唐史中。武则天事实上很能干，称得上英明，在她治下的大唐帝国持续繁荣强大，完全不是男性儒家笔下的"黑暗时代"。

公元705年，宰相张柬之等发动政变，迫武则天退位，禅位太子，也就是唐中宗李显。那一年，在西域经商致富的李客，全家迁到剑南道绵州（今四川绵阳市），他有个五岁的儿子，就是后来的诗仙李白。

唐中宗李显当太子时畏惧老妈武则天，当上皇帝畏惧老婆韦皇后。韦皇后一心效法武则天，跟武则天的秘书上官婉儿、自己的女儿安乐公主、安乐公主的公公武三思（武则天的侄儿）联手，排除张柬之等大臣，并杀害太子李重俊，接着毒死中宗，在发表前立温王李重茂为太子，随即继位。如此安排，想当然将由韦后掌权称制，大唐眼看又要出现一位女皇帝。

于是爆发了又一次宫廷政变，李旦的儿子李隆基跟太平公主（武则天的女儿）联手，杀了韦后与安乐公主、上官婉儿。李旦成为唐睿宗，李隆基成为太子。

可是太平公主也以武则天为模范，阴谋废太子。李隆基得到大臣与军方支持，先逼使老爹传位给他（成为唐玄宗），随即下手除去太平公主和她的党羽，结束了持续五十多年的女权时代。

那是公元712年的事情，那一年，河南巩县（今河南巩义市）的杜家出生一男，就是后来的诗圣杜甫。

李白、杜甫就在开元盛世中长大。开元盛世有多安定繁荣？正史记载"东都斗米十五钱"，"海内富安，行者虽万里，不持寸兵"——物价平稳、经济繁荣、社会治安良好，老百姓要求的不过如此。

李白的家世始终是个谜，父亲李客虽是巨富，却高卧云村，不求禄仕。李白的文才那么高，却始终没有参加过考试，于是有人推断，李客是齐王李元吉的后代。李元吉是唐太宗的弟弟，在玄武门兵变中被杀，李白是罪人之后，因此不敢求仕进。

然而，李白一生的志向却是当"帝王师"，他十八岁时，跟随一位异人赵蕤学王霸之道、纵横之术。

怀抱帝王师之志，却不能参加科举，那能怎么办？办法之一，是交游干谒。干谒就是推销自己，《赠张相镐》就是李白向宰相张镐表白心志（节录）：

抚剑夜吟啸，雄心日千里。
誓欲斩鲸鲵，澄清洛阳水。
六合洒霖雨，万物无凋枯。

要交游干谒，当然不能窝在蜀地，于是李白出三峡，前往长江中下游游历、交友。

过了几年，杜甫长大了，也离开河南，前往山西游历，之后又转往江南。可是那时李白已前往邠州、坊州（都在今陕西），唐代诗坛最耀眼的双子星就这样错身而过。

杜甫二十四岁那一年，回洛阳参加科举，没考上。李白那一年随一位朋友去并州（今山西太原市），一个偶然的机会，李白救了一个青年军官的命，而这个机缘后来却救了李白的命，此乃后话，暂且不表。

总之，李白与杜甫（其他同时代的文人也一样）在开元盛世那些年，在全国四处游历，交了很多朋友，诗名也渐渐传开。

可是，他们的好日子很快就没了。因为，唐玄宗改了年号，开元改为天宝。

(三) 张九龄

今我游冥冥

改个年号有那么严重吗？当然不是。关键是唐玄宗当皇帝的心态变了，严重的则是，他换掉了贤相张九龄，换上了奸相李林甫。

唐玄宗开元之治最倚重二位贤相姚崇与宋璟，之后的继任者张说也很优秀。张九龄年轻时，因为直言上谏，不为姚崇所喜，一度外放岭南。等到姚崇去世，张说担大任，张说对张九龄非常器重，一路拉拔，可是张说去世后，张九龄又被外放。直到第三度入京，终于得到唐玄宗的赏识，诏命他为宰相。以后每有人推荐人才，玄宗常常问一句："品德、操守、度量能够像张九龄吗？"

明君配贤相是中国古代的"盛世指标"。例如贞观之治是唐太宗搭配房玄龄、杜如晦；开元之治则是唐玄宗搭配姚崇、宋璟、张说、张九龄。问题在于，唐玄宗当皇帝当"腻"了，开始追求音乐、戏剧等逸乐生活，于是给了佞臣机会。

这个佞臣，就是一代奸相李林甫，人称"口有蜜，腹有剑"，用现代语言就是"当面说好话，背后下毒手"。他跟唐玄宗的宠妃武惠妃联手排挤张九龄，致其下台并外放荆州。

古时候的士人处于官场，有一句名言"雷霆雨露，俱是圣恩"，意思是，皇帝怎么对待臣子都是对的，臣子不但都得接受，还得表示感恩。下面这首诗，就是张九龄被外放，还要表示感谢皇帝知遇之恩，而所有的错都是"小人"所为。

感遇（其一）

张九龄

孤鸿海上来，池潢不敢顾。
侧见双翠鸟，巢在三珠树。
矫矫珍木巅，得无金丸惧？
美服患人指，高明逼神恶。
今我游冥冥，弋者何所慕。

张九龄写《感遇》，以"海上孤鸿"比喻自己，谨慎小心。可是那两只"翠鸟"(暗示李林甫及其爪牙牛仙客)却能在"三珠树"(暗示朝廷)上筑巢。最后,张九龄自忖斗不过李林甫,君子易退难进,决定退隐山林,脱离是非圈。

不久,唐玄宗改年号为"天宝",大致上这就是大唐帝国由盛转衰的开始。也就是说,大唐人民的好日子就要结束了。当然,包括李白和杜甫。

(三) 李林甫重用蕃将

天子非常赐颜色

李林甫排挤张九龄之后,更诬陷逼死另一位宰相李适之,以及文人名士李邕。拉拔他的爪牙牛仙客为副相,方便他把持朝政。如此作风当然使得李林甫树敌很多,因此他更努力排挤可能威胁他地位的人,包括各镇节度使。

唐朝建国时期的兵制,沿袭北周与隋,实行府兵制。贞观之后,国家承平,大举用兵机会比起南北朝与隋朝大为减少,府兵成为内地州县庞大开支。

开元之后,有计划地逐渐废除府兵制,最终完全改用募兵,京师长安置"圹骑"十二万人卫戍,沿边则设立十"镇",司令官称"节度使"(其中一镇称"经略使")。十镇总兵力四十八万多人,相对京师卫戍部队,呈现为"外重内轻"。

正因为外镇兵力超过京师,所以虽然唐太宗"天可汗"时代,唐军用了不少胡人"蕃将",但各镇节度使仍用汉人,并多以朝廷重臣"出将"。

这些有可能"入相"的节度使,乃成为李林甫的背上芒刺,于是他奏请玄宗,以蕃将为节度使。一来蕃将确实比汉将勇敢善战,二来蕃将易于驾驭,最重要的,蕃将不谙汉文,虽任大将,亦不可能"入相"。

高适的《燕歌行》劈头四句就点出:大唐帝国的战争都是"攘外",不是保乡卫家,国人视当兵出征为苦事,因而朝廷用蕃将为节度使。

汉家烟尘在东北,汉将辞家破残贼。
男儿本自重横行,天子非常赐颜色。

高适曾经北上幽燕(今河北北部、辽宁南部等区域),希望加入征讨奚、契丹行列未果。后来幽州节度使张守珪派蕃将安禄山讨伐奚、契丹,"禄山恃勇轻进,为虏所败",高适对那一次与后来一次的战事失利颇有感触,于是作了这首诗。

四年后(742年),唐玄宗将年号由"开元"改为"天宝"的那一年,安禄山被任命为平卢节度使,治所在营州(今辽宁朝阳市)。也就是说,前述吃了败仗的蕃将,却头一个被赐以"非常颜色"。

●北庭节度使　　**东突厥**　　平卢节度使
●安西节度使　　　　　　　范阳节度使●
　　　　　　河西节度使●　　
　　　　　　　●朔方节度使　●河东节度使
　　　　　　　陇右节度使　
　　　　　　　　　　　■长安

吐蕃　　　　剑南节度使
　　　　　　　●　　　**大唐帝国**

　　　　　　　　岭南经略使●

△唐朝初期九节度使及一经略使

(四) 白手还山

天子呼来不上船

安禄山封为节度使的同年,李白奉旨入京。一心想当"帝王师"的李白,以为"鸿鹄将至",可以发挥所学了。哪知道,唐玄宗找他到长安,只是要他作歌词而已。

唐玄宗李隆基很有音乐天分,在宫中建立"梨园",歌舞团编制多达三百人,乐队演奏有错误,皇帝会亲自"纠正"。他还会作曲,《霓裳羽衣曲》就是唐玄宗作的。

唐玄宗就是唐明皇,相传道士叶法善以法术引明皇游月宫,听闻天女奏乐,明皇"以指扣脉"暗中记下,下界后立即谱成《霓裳羽衣曲》。这虽是传说,但唐玄宗在位已久,对政事倦怠,更热衷音乐与道教。由此可见,开元与天宝的"交接",其实是唐玄宗心境上发生大转变的一个点。后来的历史发展,更证明了,那是大唐帝国由盛而衰的"拐点"。

那个时间点上,还有一件重要的事情:杨贵妃入宫。杨贵妃不但人长得漂亮,"资质丰艳",而且"通音律,善歌舞"。唐玄宗经常带着她,去骊山的温泉宫(后来更名华清宫)泡温泉——随行侍从当中,就有李白。

李白当不成帝王师,心情郁闷,纵情饮酒。然而,唐玄宗对音乐太入迷了,每次谱了新曲,不管白天晚上,总是迫不及待地宣召李白入宫,为新曲写歌词。当然,李白即使喝晕了,皇帝宣召,也不能不入宫,因此难免失态。偏偏唐玄宗一点也不介意,于是有"龙巾拭吐,御手调羹,力士脱靴,贵妃捧砚"的故事流传。

"力士脱靴"指的是宦官高力士。高力士是唐玄宗诛除太平公主行动的功臣,亲信非常,玄宗让他掌握禁军,权势通天。可是在内宫,皇帝召来李白,李白醉得一塌糊涂,不脱靴子就写不出歌词来,怎么办?不可能是皇帝帮他脱,也不能叫贵妃脱,殿中没有第五个人,那只有高力士啦!

高力士当然对此怀恨在心,可是皇帝正宠着李白,只能在贵妃处进谗。讽刺的是,李白被谗言见缝插针的"缝",却是他最受称赞的作品之一。

清平调三首

李白

云想衣裳花想容,春风拂槛露华浓。
若非群玉山头见,会向瑶台月下逢。

一枝红艳露凝香,云雨巫山枉断肠。
借问汉宫谁得似,可怜飞燕倚新妆。

名花倾国两相欢,常得君王带笑看。
解释春风无限恨,沉香亭北倚阑干。

这三首诗都是称赞杨贵妃的,尤其是第二首:汉宫中有哪位美女可比拟呢?恐怕只有赵飞燕刚化完妆的时候吧!那是称赞杨贵妃天生丽质,不靠化妆品,可是小人的嘴就是那么可怕,高力士对杨贵妃说:"李白是在讽刺你太胖了!"

赵飞燕体态轻盈,"能做掌中舞",后人形容美女如云的常用成语"燕瘦环肥",意谓各擅胜场。可是当下杨贵妃听进了高力士的谗言,就在唐玄宗枕边"下药"。结果,诗人当然不敌贵妃,李白只好"出京还山"了。

李白出了长安,到了洛阳,在那里结识了杜甫,这是相差十一岁的诗仙、诗圣初次见面。当时还有高适等诗人一同唱和,杜甫对这些前辈的酒量印象深刻,作了《饮中八仙歌》,描绘八位酒仙的醉态,其中对李白的描写既传神又体会

其心:

> 李白斗酒诗百篇,长安市上酒家眠。
> 天子呼来不上船,自称臣是酒中仙。

那两年,李、杜两人唱酬不断,引为莫逆。然而,他俩经常见面也就是那两年,之后就没再见过面。原因呢?是天下从此乱了,战乱使得他们天各一方,只能鱼雁往返。

⑤ 野无遗贤

骑驴十三载，旅食京华春

天下的乱源，当然是指安禄山。李白出京那一年，安禄山又兼领范阳节度使，治所在幽州（今北京市西南），势力范围大了一倍，且更接近中原。

天宝初年，大唐帝国还颇有开元盛世的余绪，全国人口突破了五千万，人口增加，但米价反跌，"青齐间（今山东一带）斗才三钱"。对外，王忠嗣大破吐蕃，又破吐谷浑；哥舒翰在青海湖畔筑城，称"神威军"，吐蕃畏惧他，甚至不敢接近青海。

哥舒歌
西鄙人

北斗七星高，哥舒夜带刀。

至今窥牧马，不敢过临洮。

临洮在今天甘肃兰州市南边，东与宁夏回族自治区相接，古称狄道，是丝路重要门户。

总之，国内外情势一片大好，唐玄宗完全放心将政事交给李林甫，而李林甫也更进一步弄权。

杜甫三十五岁那一年，玄宗下诏举行一次全国性的招贤考试，"天下士有一艺者，皆得诣京师就选"，于是杜甫满怀希望奔向长安。他一向自视甚高，从他的诗句"读书破万卷，下笔如有神"可以看出。可是，那一次他却落榜了，而且就此流落长安，借着诗名在京师各个豪门当清客。说得好听是宴会上的嘉宾，实质是现场赋诗，以娱乐那些富贵嘉宾，他的诗中因此出现"骑驴十三载，旅食京华春。朝扣富儿门，暮随肥马尘"等诗句。

事实上，那一次考试是场骗局，所有应试者全部落第。结果公布后，李林甫进宫向唐玄宗道贺："恭喜陛下，野无遗贤。"而唐玄宗竟然也相信了！

李林甫为何如此？因为在此之前，他看到一个才华洋溢的诗人李白，得到唐玄宗如是宠信，好在李白个性放荡，不懂权术，两三下就被高力士排挤出长安。如今玄宗又要甄试有才艺的士子，李林甫当然不能冒险让任何人危及他的地位，于是只手遮天，录取"0人"！

同时，李林甫进一步拉拢安禄山，让他又兼了一个"河北采访使"。采访使不是军职，是监察系统，有考核州郡的权力，刺史、太守都得贿赂他，于是安禄山的势力伸入整个河北。接着李林甫又奏请玄宗派安禄山兼河东节度使，治所在山西太原，而且还封他"东平郡王"——以范阳为大本营，安禄山的地盘已囊括今天辽宁、河北、山东、山西。任何人坐拥半壁江山，都会想造反，安禄山自然不例外，于是秣马厉兵，积极准备。

安禄山准备充分了，可是迟迟不敢发动。为什么？因为他"畏惮"李林甫。

李林甫之所以能够只手遮天，除了深获唐玄宗信任，他对待百官下属，还有一套独特的御下之术。由他对付安禄山的手段，可以窥其一二。

当时大臣中权力仅次于李林甫的是王鉷，位居御史大夫、京兆尹，兼领的头衔有二十余个。某日，李林甫选一个安禄山在的场合，叫人召唤王鉷来议事。王鉷到了，对李林甫"趋拜甚谨"，安禄山见状，乃对李林甫敬畏有加。而李林甫每次跟安禄山说话，总是能够猜中安禄山心里所想，并且先将之道破，令安禄山为之"惊胆"。因此，安禄山只怕李林甫一个，而且怕得要命，即使是隆冬季节，只要跟李林甫说完话后，总是汗湿沾衣。这时候，李林甫会带安禄山到中书厅（相当于宰相的办公室），亲自解下身上的披袍，覆在安禄山身上。然后，安禄山便将心里的话一五一十都说给李林甫听。

安禄山在范阳时派一名专差刘骆谷驻在长安，每次刘骆谷回范阳述职，安禄山一定问："十郎（安禄山对李林甫的称呼）说什么？"如果是称赞，就欢喜非常；如果说"转告安大夫，要自我检点一下"，安禄山就上身后仰，反手按住椅边，说："啊，我死了，死了！"

那一年李白人在幽州，幽州是范阳节度使的治所，也是安禄山大本营，他学的是帝王术、纵横学，当然看得出安禄山势必造反。因此，他登上幽州台，在台上忍不住痛哭。

李白为什么哭？因为在他之前，盛唐诗人陈子昂有一首著名的诗《登幽州台歌》：

前不见古人，后不见来者。
念天地之悠悠，独怆然而涕下。

陈子昂又为什么怆然泪下呢？

这幽州台相传是战国时期燕昭王建的黄金台，招揽天下英雄，其中一位是乐毅。乐毅曾率五国联军，攻下齐国七十余城，帮燕王报先前灭国之仇。

陈子昂是在武则天当政时期随武攸宜远征营州，可是当时他的献策不被采纳，结果武攸宜兵败退回幽州。

陈子昂登上幽州台，想起黄金台的故事，想到今世已经没有像燕昭王那样会招纳英雄的英主，自己纵有满腔抱负，也只能徒呼负负。所以，"前不见古人，后不见来者"，独自怆然。

李白登上了幽州台，想到陈子昂，想到安禄山正是"营州胡"，若当年陈子昂能一展抱负，或许就没有如今安禄山之患了。又因自己也有满腔抱负，却没有施展的舞台，只能痛哭抒怀——李白连写诗都不敢，因为那里是安禄山的大本营，处处眼线。

此时，他能够做的，只有离开幽州避祸——这步棋走对了，因为大祸即将降临。

【原典精华】

（安禄山）既归范阳，刘骆谷每自长安来，必问："十郎何言？"得美言则喜，或但云"语安大夫须好检校[2]"，辄反手据床[3]曰："噫嘻[4]，我死矣！"

——《资治通鉴·唐纪三十二》

①语：对……说。
②检校：检讨、收敛。
③床：古人坐处称"床"，睡处称"榻"。
④噫嘻：感叹声，犹言"哎呀"。

⑥ 范阳兵变

渔阳鼙鼓动地来

朝纲是被李林甫给搞坏的，可是大难发生的近因，却是李林甫死了。

之前，唐玄宗当皇帝当累了，一度想要将朝政交给李林甫，自己只当个虚位元首，跟杨贵妃"在天愿作比翼鸟，在地愿为连理枝"。他把这个意思跟高力士说了，高力士连忙劝阻，才让他打消此意。

然而，李林甫说是奸臣，总还是权术高手，至少安禄山对他至为忌惮。李林甫一死，接替的是杨国忠，情况于是大变。

杨国忠本名杨钊，他是杨贵妃的堂兄，靠着裙带关系一路升到宰相。李林甫当然忌惮他，始终予以打压。李林甫一死，他就发动斗争，诬告李林甫"勾结外藩谋反"，借此清除李林甫党羽。

"外藩"当然是影射安禄山，因此让安禄山产生了危机感。

安禄山原本就瞧不起杨国忠，杨国忠没有李林甫的御下之术，拿安禄山没办法，只好拉拢哥舒翰。

他上奏任命哥舒翰为河西节度使，取代安禄山的族兄安思顺，并封哥舒翰为西平郡王——安禄山是东平郡王。杨国忠的以蕃制蕃策略，意图再明显不过。

杨国忠在玄宗面前一再打小报告"安禄山必反"，说："陛下召见他，试试看，他一定不来。"

玄宗依言召见安禄山。

安禄山长期以来买通朝中宦官，因此情报灵通，早就准备好了，接旨立即启程，马不停蹄地到了长安。

玄宗在华清宫召见安禄山（不在朝会场合，以示私宠），安禄山向皇帝泣诉："我是一个胡人，陛下对我如此恩宠，所以被杨国忠视为眼中钉，我只怕死期不远了。"

玄宗被安禄山的泪水打动，比以前更加亲信，差点要加他同平章事头衔（宰相级），杨国忠急忙劝谏，说："那家伙他不识字，岂可当宰相。"

安禄山辞别时，唐玄宗脱下身上御衣赏赐他。安禄山既惊又喜，喜的是"黄袍加身"，怕的是杨国忠可能会奏请将他留在长安，急忙快马驰驱出函谷关。

出关后上船，顺黄河之流东下。过了洛阳，就进入他的势力范围，船在河中行，岸边每十五里派一名船夫，带着绳子和木板，随时可以登岸。如此昼夜兼行，数百里不下船，一直回到范阳。

经此一来，安禄山乃铁了心，非造反不可。他上奏"以蕃将三十二人代替汉将"，玄宗指示中书令立刻草拟诏书。

宰相之一的韦见素极力劝谏。

玄宗问他："你怀疑安禄山吗？"

韦见素一把眼泪一把鼻涕地诉说（涕泗以陈）安禄山种种造反迹象。

玄宗说："这一次暂且准他，我以后会注意。"

于是唐玄宗派宦官辅璆琳送柑子去范阳，说是劳军，真正目的是"观其变"。安禄山当然也明白，对辅璆琳大加贿赂，令其回奏"安禄山并无造反意图"。

杨国忠等不死心，继续不断进言"安禄山必反"。

杨国忠并对玄宗献策："诏封安禄山同平章事，另外任命三位节度使接管他的地盘。他若来京，没事；若不来，就证明他想造反。"

这是天下第一馊主意，若安禄山不想造反，边防易将兹事体大，岂可率尔为之；若安禄山确实想要造反，此举岂不是逼他发动？而一旦安禄山起兵，朝廷有没有预先拟妥对策？事实证明，杨国忠有小心机，可是不懂权术，更毫无谋略，他逼反了安禄山，却无能对付叛军。

唐玄宗当时并没有采纳杨国忠这个馊主意，他又派了一个宦官冯神威去范阳，传话给安禄山："我最近为你在华清宫修建了一池温泉，请你在十月来长安，我将在华清宫招待你。"

冯神威到了范阳，安禄山对这位宣诏特使完全没有敬意，坐在位子上不起身，只说："皇帝身体还好吗？"然后将冯神威送到别馆软禁，好几天后才放他回京。

冯神威回到长安，向皇帝泣诉："臣几乎不得再见到皇上。"

而冯神威才上路，安禄山便召集诸将宣布："皇上有密旨，命令我带军队入朝，声讨杨国忠。"动员兵马十五万，号称二十万大军，杀向长安。

"声讨杨国忠"是有力的政治号召，因为唐玄宗宠爱杨贵妃，"三千宠爱在一身"，甚至"从此君王不早朝"，杨氏"姊妹弟兄皆列土"，姊妹都封国夫人，兄弟封侯。上有好者，下必有甚焉，人民看在眼里，"遂令天下父母心，不重生男重生女"。（以上引号内诗句，皆出自白居易《长恨歌》。）

人心厌恶杨国忠兄妹，政治号召发酵，加上"百姓累世不识兵革"，因此安禄山大军势如破竹，"所过州县，望风瓦解，守令（郡太守与县令）或开门出迎，或弃城窜匿，或为

所擒戮，无敢拒之者。"（《资治通鉴·唐纪三十三》）

安禄山起兵的消息传到长安，玄宗召集所有宰相会商。

这时，杨国忠得意洋洋地说："我早就说了嘛，安禄山一定造反，看吧！"接着说："别担心，只有安禄山一个人想造反，将士都是被裹胁的。不必十天半个月，他的首级就会送到长安。"

大臣们相顾失色，只有唐玄宗认为这番分析有理。

皇帝和宰相自我感觉良好，可是老百姓反而看得很清楚，诗人的反应更是敏锐。

杜甫自落第后，并未离开长安。李白在幽州台痛哭之前不久，杜甫看见征兵出征的场面，写了一首诗：

兵车行（节录）
杜甫

车辚辚，马萧萧，行人弓箭各在腰。

爷娘妻子走相送，尘埃不见咸阳桥。

牵衣顿足拦道哭，哭声直上干云霄。

……

去时里正与裹头，归来头白还戍边。

边庭流血成海水，武皇开边意未已。

君不闻汉家山东二百州，千村万落生荆杞。

纵有健妇把锄犁，禾生陇亩无东西。

……

县官急索租,租税从何出?

信知生男恶,反是生女好。

生女犹得嫁比邻,生男埋没随百草。

君不见青海头,古来白骨无人收。

新鬼烦冤旧鬼哭,天阴雨湿声啾啾!

原来"天可汗"的盛世功业是建筑在"千村万落生荆杞"上头。役男"去时里正与裹头",战事结束"归来头白还戍边"。而天下父母"不重生男重生女"的另一个解释,却是"生女犹得嫁比邻,生男埋没随百草"。

安禄山大军一路打来,犹如摧枯拉朽,跟老百姓厌恶政府不恤人命,其实大有关系。

㈦ 双城忠烈

睢阳齿，常山舌

安禄山席卷黄河以北，官军望风披靡，只有两个地方遇到顽强抵抗，一个是睢阳（今河南商丘市），一个是常山（今河北石家庄市）。两个地方都留下了可歌可泣的战史，成为文天祥《正气歌》中的两句："为张睢阳齿，为颜常山舌。"

先说"睢阳齿"。

张巡是真源（今河南鹿邑县）县令，安禄山叛变，太守投降，他号召义军拒贼，有胜有负，最后率众退到睢阳，与太守许远一同率众抵抗。

叛军大将令狐潮久围睢阳不下。

睢阳城中缺粮又缺箭。张巡在城头看见贼军粮船抵达，使出声东击西之计，利用夜间在城南发动突袭，令狐潮急调主力人马对抗。张巡另外派出精锐勇士，沿着河岸奔袭运粮船，取得盐米千斛，并纵火焚烧剩粮。

经此一役，令狐潮下令，全军在夜间不得擅离防区。

一晚，围城贼军报告"城上缒下数千人"，令狐潮下令放箭，久之，却不见动静。等到贼军不再放箭，城上才将"蒿人"（草扎的假人）收还，得到十万支箭。这个故事，正是《三国演义》"孔明草船借箭"的蓝本——《三国演义》作者罗贯中是明朝人，而《三国志》并未记载诸葛亮草船借箭的故事，罗贯中显然是从唐朝张巡这段"草人借箭"的史实得到灵感。

张巡、许远死守睢阳十个月，以不到一万人的军队，牵制贼军十万人，使得安史之乱未能蔓及江淮地区。后来安庆绪弑父，自立为大燕皇帝，更视睢阳为眼中钉，命大将尹子奇继续围攻睢阳。

睢阳城里可以吃的都吃完了，将士每日配米一合（十合为一升），夹杂茶纸、树皮煮食，罗掘俱穷（鸟、鼠都捕尽），连马鞍、弓弦都烹来吃。士兵因饥饿而战斗力不足，以致射箭都射不准。

张巡派勇将南霁云突出重围，向河南节度使贺兰进明求救兵。没想到贺兰进明嫉妒张巡、许远的声威、功绩在他之上，不肯出师;却见南霁云勇壮,想要收为己用,乃强留南霁云宴饮。

南霁云慨然说:"我出来的时候,睢阳城内已经一个多月没东西吃。我虽然想吃,却不忍心;即使吃了,也咽不下去。"拔出配刀,当场斩断一根手指,鲜血淋漓,四座为之惊吓,甚至为他落泪。

南霁云见贺兰进明毫无出兵的意思,就上马驰去。将出城门时,抽箭朝城中佛塔射去,箭矢没入砖中半截,誓言:"这一去,若能击退贼兵,一定要回来杀贺兰进明,以此箭为誓。"驰回睢阳,冲破包围进城,与城共存亡。

睢阳城最后终于陷落,张巡、许远、南霁云等都被俘。贼将尹子奇得意地问张巡:"听说你每次作战,总是激动得目眦皆裂,甚至咬碎牙齿,为何那么激动啊?"

张巡怒火冲天,怒声道:"我只恨不能吞噬你们这群贼子!"

尹子奇闻言恼羞成怒,用刀敲开张巡的嘴巴,只见牙齿真的只剩两三颗,不由得心生敬意,有意留张巡一条命。可是其他将领反对,认为留张巡在军中"可能有严重后果",尹子奇只得将张巡与南霁云等睢阳守将全部斩首。

将要行刑之前,尹子奇劝南霁云投降。南霁云稍稍迟疑了一下。

张巡对他喊话:"南八(南霁云排行第八),男子汉死就死,不可以屈服于不义。"

南霁云笑笑说:"原本有念头,想要有所为(诈降徐图后事),大人既然这么说,我岂敢不死?"于是不屈就死。

再说"常山舌"。

常山太守颜杲卿原本是范阳户曹参军,是安禄山的部下,安禄山一力拉拔他,升迁为常山太守。范阳兵变发动,常山城内只有数百兵丁,颜杲卿与长史袁履谦商议,此时登城拒贼,无异以卵击石,反而会殃及百姓,于是开城投降。安禄山一面赏赐颜杲卿,却同时将他的儿子颜季明扣为人质,随军西进。

安禄山大军走后,颜杲卿故意称病不出,将郡政府一切事务交给袁履谦,私下联络族弟平原(今山东德州市)太守颜真卿及太原府尹王承业,共谋平叛。

安禄山派高邈回范阳搬兵,颜杲卿设计在藁城(常山境内)将高邈擒下,同时诱杀另一名贼将李钦凑,然后与颜真卿等一同起兵,截断叛军后路。

义帜一举,河北诸郡纷纷响应,二十三郡当中,除了叛军重兵把守的六郡,其余十七郡都重新撑起大唐旗帜。

安禄山听说河北生变,大军折返洛阳,命将领史思明、蔡希德率军攻击常山。

颜杲卿起兵才八天,防御工事尚未完备,贼军已兵临城下,于是紧急向王承业求援。

孰料,王承业因抢先向长安朝廷报告起义功劳,私心希望常山陷落,借贼兵之手,杀颜杲卿灭口,遂拒不出兵。

颜杲卿独力守常山，苦战六日，粮食吃完，箭石用尽。城陷，贼军大肆屠杀一万余人，生擒颜杲卿与袁履谦。

颜杲卿被押解到洛阳，安禄山质问他："我将你从一个小小的户曹，没几年拉拔到太守，你为什么反叛我？"

颜杲卿瞪大眼睛回骂："你原本不过是营州牧羊奴，天子擢升你身兼三镇节度使，恩宠无人可比，你又为何反叛？如今是你背叛大唐，我为国讨贼，只恨不能斩你。你这发臭的羯狗，为何不赶快杀我！"

安禄山暴跳如雷，下令将颜杲卿绑在洛阳天津桥柱上，施以剐刑，更生唊他的肉。颜杲卿在极度疼痛之下，仍骂不绝口。

安禄山命人割断他的舌头，说："怎样？还能骂吗？"

颜杲卿满口血水，含糊不清，仍骂不绝口，直到断气。

张巡和颜杲卿在沦陷区独力抗敌，都因为友军将领（贺兰进明、王承业）为争夺功劳而不予救援，卒至惨死。可是在大唐反攻还都之后，那些逃命回到长安的官员，居然还有人上奏："张巡当时为何不撤退，以致害了百姓性命。"

这样子的政府，想当然挡不住安禄山，是吧！

【原典精华】

（贺兰进明强留南霁云宴饮）霁云慷慨语曰：『云来时，睢阳之人不食月余日矣。云虽欲独食，义不忍！虽食，且不下咽！』因拔所佩刀断一指，血淋漓，以示贺兰。一座大惊，皆感激，为云泣下。

……

（尹子奇）将斩之，又降霁云，云未应，巡呼云曰：『南八，男儿死耳，不可为不义屈。』云笑曰：『欲将以有为也；公有言，云敢不死！』即不屈。

——韩愈《张中丞传后叙》

⑧ 潼关失陷

朱门酒肉臭，路有冻死骨

叛军一天天逼近，朝廷打出两张王牌：高仙芝与封常清。

高仙芝是高句丽人，对吐蕃（今青海、西藏）的征战功绩彪炳；封常清是高仙芝旗下大将，当时任安西节度使（维护天山南麓塔里木盆地周边安定）。玄宗派封常清去洛阳，开武库，募兵抵抗叛军。再派高仙芝统合关中所有兵马，共五万人向西接应封常清。

封常清在洛阳募兵六万人，但全都是"白徒"（不曾受过军训的平民），先守虎牢关（在今河南荥阳市西北），被攻破。

封常清集合余众，进行数次反扑，皆败，退到陕郡（今河南与陕西交界），与高仙芝会合。

封常清对高仙芝说："我连日血战，但贼兵锐不可当，建议将兵力集中守潼关。"潼关是防守关中最后一处险要，高仙芝对封常清的能力很清楚，相信那绝非怯懦之言，于是采纳建议，坚守潼关。

玄宗派高仙芝统领关中全部军队时，同时也派了一位宦官边令诚监军。边令诚多次向高仙芝需索，都遭到拒绝。

军队退守潼关之后，边令诚回长安奏事，遂向玄宗告状："封常清兵败怯战，高仙芝不战而退，'弃地数百里'，还克扣军士粮饷，饱入私囊。"玄宗大怒，派边令诚再去潼关，宣诏，由高仙芝下令，斩封常清。

斩了封常清，高仙芝回到厅上，边令诚对他说："皇帝另有恩命给大夫。"高仙芝下跪接旨，"恩诏"却是斩高仙芝！

军中士卒为高仙芝喊冤，"其声震地"，可是边令诚怎么可能让高仙芝活命，遂当场斩了。

斩了两名大将，仍得有人去守潼关才行。玄宗这时想到了哥舒翰，可是哥舒翰已经因病在家休养好一阵子，一再推辞征召，玄宗不答应。最后，哥舒翰应召入宫，在朝廷上拜为天下兵马副元帅（元帅由太子李亨挂名），调动北方、西方的边防军到长安，共八万人，再加上潼关原有军队，号称二十万，驻守潼关。

然而，哥舒翰确实已病得不轻，潼关的军政大小事都交给行军司马田良丘。田良丘本职是御史中丞，根本不懂军事，只好将骑兵交给王思礼，步兵交给李承光，而王思礼跟李承光又不合。潼关守军内部纷乱，全靠哥舒翰的个人威名支撑，好在潼关是天险，因此安禄山大军仍被挡在关外。

安禄山此时已经自称大燕皇帝。叛军首领一旦称帝，原本围在身边的老兄弟就得站在下面喊万岁，而皇帝将自己孤立起来，周围只剩下马屁精。然后开始追求物质享受，无心征战。

安禄山面对的就是这种状况。

大军被阻于潼关之下，后方两根芒刺——常山与睢阳，只拔掉了常山。唐朝的朔方军郭子仪与李光弼，循北方长城一线攻击"渔阳路"，也就是叛军的补给线与回家之路。渔阳路时断时续，消息一天好一天坏，大燕军队思家，人心惶惶。

大燕皇帝安禄山正动念想撤兵回范阳，过他的皇帝瘾，却在此时，唐朝内部发生了巨变。

安禄山以"诛除杨国忠"为政治号召起兵，事实上颇得人心认同，因为杨氏一门骄纵奢淫，关中人民看在眼里，莫不切齿。如此人心，由杜甫一首诗可以得见。

那一年稍早，杜甫终于等到一张任官令：河南县尉，一个九品芝麻官，是县衙负责治安的官吏。杜甫不愿屈就一名地方小吏，辞官不就。复经好友帮忙活动，调率府参军，虽然还是九品，但总算是京官，不必跑腿操劳。

杜甫上任不满一个月，就请假到奉先（今陕西蒲城县）

探望老婆孩子，家贫又值岁末天寒，幼子竟然因营养不良夭折。锥心之痛寄托于一首五百字长诗，中间对杨氏奢侈引起的民怨，描述尽致：

自京赴奉先县咏怀五百字（节录）
杜甫

……

多士盈朝廷，仁者宜战栗。
况闻内金盘，尽在卫霍室。
中堂舞神仙，烟雾蒙玉质。
煖客貂鼠裘，悲管逐清瑟。
劝客驼蹄羹，霜橙压香橘。
朱门酒肉臭，路有冻死骨。
荣枯咫尺异，惆怅难再述。

……

诗中的"卫霍"，是借汉武帝时卫青、霍去病皆以皇后卫子夫的亲戚为大司马，影射杨贵妃和她的兄弟姊妹。此诗以"朱门酒肉臭，路有冻死骨"传颂后世，而"荣枯咫尺异"一句，更令人直接感受到那股因贫富悬殊惹起的民怨。

这股民怨也弥漫在军中，因此王思礼建议哥舒翰"上表请诛杨国忠"，以提振士气，化解叛军口实。可是哥舒翰没同意。

在长安朝廷上，也有人对杨国忠说："如今朝廷重兵尽在哥舒翰手中，如果他调转矛头，大人岂不是危险了！"

杨国忠怕了，奏请皇帝，派一个将军杜乾运，招募一万军队屯驻灞上（长安城郊的制高点，当年刘邦入关曾驻军该处）。这个举动让哥舒翰起了疑心，上表"请将灞上军隶属潼关"，未获朝廷回应。

哥舒翰于是认定，那是杨国忠用来算计他的军队，乃找了个题目，将杜乾运请到潼关开军事会议。杜乾运去到潼关，就被哥舒翰杀了。

这下子，杨国忠更怕了，三天两头上奏，要皇帝催促哥舒翰开关出战。

哥舒翰上奏说："当前最佳战略是坚守潼关，然后攻击贼兵后方补给线。"郭子仪也上奏，提出相同战略见解。

可是杨国忠不容哥舒翰不出战，接连不断地派出宦官传旨，催促哥舒翰出兵。长安到潼关路上，使者项背相望（一个接一个前往，后面那人可以看见前面那人的后脑勺）。哥舒翰顶不住压力，抚膺恸哭，引兵开关出战，结果中了安禄山的埋伏，大败。

军队退回潼关，只剩八千人。

蕃将火拔归仁等，带了一百多名骑兵，将哥舒翰团团围住，说："二十万大军只剩八千，大人没看到高仙芝和封常清的下场吗？"于是劫持哥舒翰，投降安禄山。

安禄山留哥舒翰一命，叫他写信招降郭子仪、李光弼等唐将，却斩了火拔归仁，因为他"叛主不忠不义"。

潼关败兵奔回长安，起初还不晓得哥舒翰被俘，潼关已经失守。直到当天晚上，潼关没有燃起"平安火"（长安与潼关之间视线无阻隔，关上每晚燃火肉眼可见，以此表示平安，称为"平安火"），唐玄宗这才紧张起来。

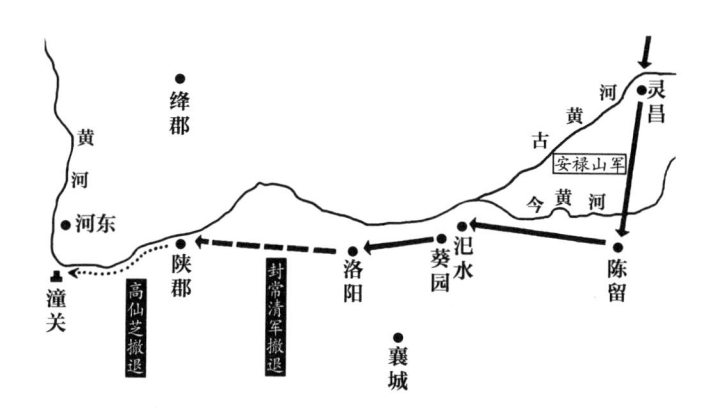

△安禄山西进势如破竹

⑨ 马嵬兵变

六军不发无奈何，宛转蛾眉马前死

唐玄宗召集所有宰相（当时有六名）紧急会商，大伙面面相觑。

杨国忠身为首席宰相，不能没有主张，因本身兼剑南节度使（治所在今四川成都），乃提出"幸蜀"（逃往四川）之议。现场没有其他意见，因为另外五名宰相早就习惯杨国忠说了算。

于是玄宗决定幸蜀。

隔天上午，杨国忠在朝堂召集百官，一个个"惶惧流涕"。问大家有何策略？却都"唯唯不对"。

于是杨国忠宣布"皇上幸蜀"的决定。

再隔天，皇帝朝会，百官来参加的却"十无一二"——皇帝要去四川，官员的家眷、产业都在关中，八成以上不愿去。可是叛军已经破了潼关，于是官员先逃为上。

唐玄宗亲上勤政楼，宣布要御驾亲征，可是长安老百姓没人信他。事实上，那正是皇家逃难的假动作。

但假戏也得演得像真的，于是玄宗当天移驾北宫，也就是禁军驻地，命陈玄礼指挥大军，厚赐钱帛，挑选好马、精兵。次日黎明，皇帝、杨贵妃、杨贵妃的姊妹，后宫其他嫔妃及皇子皇孙，由禁军护卫，愿意追随的官员跟着队伍出城。看见这个队伍的老百姓，也不相信"御驾出征"会是这副模样！

队伍经过"左藏"（国家仓库），杨国忠主张放火烧了，"以免留给贼兵"。玄宗面容戚然，说："贼兵来，若没得吃、没得抢，老百姓会更惨。留着吧！"

当天早上，百官还有准备入朝者，到了宫门前，卫士立仗俨然。可是，时辰一到，宫门一开，宫女、太监纷纷逃出，这下子消息才传开。

长安城内的王公士民四出逃难，可是城外的老百姓却争着进城。干啥？入宫抢掠！乱民甚至"骑驴上殿"，而左藏的粮食、金宝被乱民抢劫一空，起了一把无名火给烧了——轮不到贼兵来抢。

这些景象，唐玄宗和杨国忠是看不到了。御驾队伍起初还有个样子，路过各州县还供应粮食。然而，消息比御驾快，渐渐地，所到县城也没人接驾了，因为县令、县吏，甚至县民都跑了。继之，随驾的官员也跑了。大队人马找到地方睡觉，没有灯火、相互枕藉，"贵贱无以复辨"。

于是，护驾军队开始流传怨言。

走到马嵬驿（今陕西兴平市西边），将士又饿又累，拦住杨国忠的马，有人喊："杨国忠谋反！"有人用箭射中他的马鞍。

杨国忠调转马头逃避，被乱军追上，当场被分尸，脑袋戳在枪尖上，立于驿门外。

乱兵无法控制，杨国忠的儿子杨暄、两个妹妹都被杀。

御史大夫魏方进呵斥乱兵，也被杀。

宰相韦见素闻声出来看，被打破脑袋，血流满地，幸得侍卫抢救，回到屋内。

玄宗听到外头人声喧哗，问什么事。

左右回答："杨国忠造反，已经被杀。"

玄宗心里明白是怎么回事，就叫高力士去问陈玄礼，要怎样才能平息众怒。

陈玄礼对高力士说："杨国忠谋反，贵妃不宜再侍奉皇上，希望陛下'割恩正法'。"

高力士据实回奏，唐玄宗说："朕知道了，我会自己处理。"

玄宗拄着拐杖站起来，走到门口，俯首站立良久，显然内心挣扎难决。

近臣韦谔上前，说："如今众怒难犯，安危在顷刻之间，请陛下速决。"跪在地上叩头，血流满地。

玄宗对高力士说："贵妃一向都在深宫，怎会知道杨国忠谋反呢？"

高力士回答："贵妃虽然无罪，可是将士已经杀了杨国忠，如果贵妃仍然随侍陛下左右，他们怎能安心呢？请陛下想清楚，只要将士心安，陛下也就安了。"

于是，玄宗叫高力士带杨贵妃到驿站的佛堂，在那里将杨贵妃缢杀，再将尸体移到驿站的庭院中，召陈玄礼等将领进来"验明正身"。

将领们见了尸体，一个个解除甲胄，下跪叩头谢罪。

唐玄宗慰勉一番之后，叫他们去对军队说明。军队这才愿意继续前进。

皇帝要走了，父老挡住道路请愿："陛下舍弃宫殿、陵寝要去哪儿呢？"

玄宗闻言，在马上沉思良久，最后叫太子李亨留在后面，宣慰父老。

父老见状，乃对太子说："皇帝既然不肯留下，如果殿下也入蜀，中原百姓要以谁为王？"

群众愈聚愈多，达数千人。太子李亨不肯答应留下，李亨的儿子李俶与李亨的亲信太监李辅国拉住缰绳苦谏：

"如果殿下随皇上入蜀,贼兵只要放把火,烧了栈道,中原可就拱手让给贼寇了。不如往西北,收拢边防军队,召集郭子仪、李光弼,向东反攻,克复两京(长安与洛阳)。到时候再迎回皇上,这才是大忠大孝啊!何必区区温情,作小儿女态呢?"

李亨拗不过,派人向唐玄宗报告。

玄宗说:"这是天命!"下令分拨二千军队给太子,谕令太子:"你好好干,不必以我为念。"

于是皇帝继续前往四川,太子转向西北,去到灵武(今宁夏灵武市)。

△唐玄宗入蜀

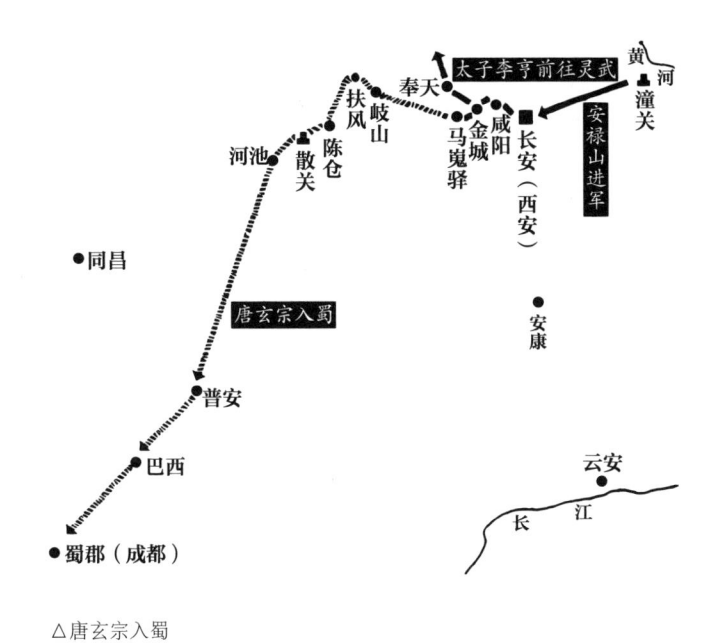

【原典精华】

玄礼对曰:"国忠谋反,贵妃不宜供奉,愿陛下割恩正法。"上曰:"朕当自处之。"

入门,倚杖倾首而立。

久之,京兆司录韦谔前言曰:"今众怒难犯,安危在晷刻,愿陛下速决!"因叩头流血。上曰:"贵妃常居深宫,安知国忠反谋?"

高力士曰:"贵妃诚无罪,然将士已杀国忠,而贵妃在陛下左右,岂敢自安!愿陛下审思之,将士安则陛下安矣。"

上乃命力士引贵妃于佛堂,缢杀之。舆尸置驿庭,召玄礼等入视之。

——《资治通鉴·唐纪三十四》

⑩ 太子即位

烽火连三月，家书抵万金

玄宗奔蜀，一路风声鹤唳，草木皆兵，直奔到剑阁（今四川剑阁县）才喘一口气。

剑阁是关中入蜀最险峻之处，三国时诸葛亮的继承人姜维，只要守住剑阁，司马懿就只能望关兴叹。唐玄宗到了剑阁，才定下心来，发出诏书，派四个皇子分四路展开反攻。但是他不知道，太子李亨已经在灵武即位称帝，是为唐肃宗。

灵武是朔方节度使治所，粮草、兵器充足。李亨集合西北边塞驻军，抚辑关中流散来的败兵，联络在北路作战的郭子仪、李光弼,期能齐一战略,展开反攻,目标是规复两京。

追随太子的官员都主张他即位称帝,可是李亨始终不同意。

御史中丞裴冕为他分析利害:"官兵将士都是关中人,日夜想着回家。他们之所以不辞跋涉辛苦,追随殿下来到这个沙漠边塞,只不过希望建立一点功劳。如果不及时凝聚人心,一旦四散瓦解,就绝无可能再次集结。请殿下为国家着想,接受大家的拥护。"

裴冕这番话说得婉转,直白地说就是:李亨称帝,随行不论文武,才有名目全面升官,升了官才会产生"凝聚力"(官大了就不舍得放弃,官小则不足惜)。而李亨最怕就是军队散去,终于同意称帝,并尊称老爹李隆基为"上皇天帝"。

郭子仪、李光弼各率军五万人、两万五千人到灵武会合,拟订由太原出井陉(太行山的险要隘口),切断渔阳路的大战略。

新皇帝诏书到达沦陷区,平原太守颜真卿(前文"常山舌"颜杲卿的族弟)派出密探,假扮商旅,将诏书封在蜜蜡丸中,分送到河北、山东各郡县(路上若遇贼兵,就将蜡丸丢在道旁或草中,回头再来捡)。新皇帝即位的消息,大大激励了沦陷区的人心,各地纷纷打起大唐旗号。颜真卿在一个月之内,联络到了三十万起义军,袭扰叛军后方。

唐玄宗安全抵达四川,唐肃宗安全抵达灵武,颜真卿在占领区大肆活动,以上都因为安禄山在长安纵酒享乐。

50

最初攻下长安时，安禄山并未想到唐玄宗的动作会那么快。心想，长安已无险可守，指日可下。在此之前，由于战争一度陷入胶着，军心不稳，于是在潼关整顿军队十天，之后才开进长安，长安已经陷入无政府状态六天。

安禄山下令，搜捕百官、太监、宫女等，一批批押往洛阳。那些王侯将相官员随玄宗入蜀的，他们留在长安的家眷一律诛杀，连婴孩也不放过；那些失宠于玄宗的官员，则都当了宰相、卿大夫。

但是这个"贼政府"毫无功能，因为军队完全不受约束，四出劫掠，每日纵酒，浸淫声色，没有人想要追击"李唐余孽"。如此情况下，最惨的当然是没跑掉的官员。

杜甫只是一个小官，他一度加入了向北逃亡的难民队伍，还与家人走散，到了鄜州（今陕西富县）。

月夜

杜甫

今夜鄜州月，闺中只独看。
遥怜小儿女，未解忆长安。
香雾云鬟湿，清辉玉臂寒。
何时倚虚幌，双照泪痕干。

这首诗原本出于自己月夜思家的心情，写出来却是家人思我之情，而这就是杜甫，他想到别人永远比想自己多。

在鄜州听到唐肃宗已于灵武即位的消息，杜甫便欲取道延州（今陕西延安市），投奔灵武政府，却在途中被叛军抓到，押回长安。

途中杜甫邂逅落难王孙，他写下：

哀王孙（节录）
杜甫

……

腰下宝玦青珊瑚，可怜王孙泣路隅。
问之不肯道姓名，但道困苦乞为奴。
已经百日窜荆棘，身上无有完肌肤。
高帝子孙尽隆准，龙种自与常人殊。
豺狼在邑龙在野，王孙善保千金躯。

……

再一次，杜甫自己"泥菩萨过江"，却仍关心他人比关心自己多。

困居长安的次年，杜甫写出了他最脍炙人口的作品之一：

春望
杜甫

国破山河在，城春草木深。
感时花溅泪，恨别鸟惊心。

烽火连三月，家书抵万金。

白头搔更短，浑欲不胜簪。

杜甫被称为"诗圣"，又称为"诗史"，这三首诗就是典型。他历经安史之乱前后，作品数量既多，质量又好，以诗人的感性详细地记录了时代。

《春望》是杜甫春天的心情。

那一年夏天五月，杜甫逃出了长安，到了灵武，拜见唐肃宗，被任命为左拾遗。职等只有八品，但因为是谏官，可以参加廷议，也可以上书言事（直达天听啊！）。

这时候的灵武政府，也有了一番气象。

一一 李泌与房琯

对棋陪谢傅,把剑觅徐君

唐肃宗的江山,军事上依赖郭子仪和李光弼两名大将撑持,还需要文臣撑起朝廷的排场。文臣中,最重要的一位是李泌。

李泌少年时就以思路敏捷、才能干练而闻名,唐玄宗命他与李亨交游。李泌长大后,不时上疏对国事提出意见,玄宗有意给他个官做,李泌拒不接受。李亨当了太子,总是称呼李泌为"先生"。

唐肃宗即位,派人去颍阳(今河南登封市)请李泌出山,李泌应召而至，李亨大喜。外出时并马而行，回营时对床休息，如从前一般。事无大小都跟李泌商议，言听计从。虽然李泌坚持不肯做官，但李亨却时时做好准备。

有一次，李亨跟李泌一齐视察军营，士卒们指指点点，私下说："穿黄袍的是圣人，穿白衣的是山人。"

骑在马上的君臣二人，都听到了军士的耳语。

李亨于是对李泌说："时局艰难，不敢委屈你当官，但请你穿上紫袍（三品以上服制，同宰相级），以平息众人议论。"

李泌闻言，只好换上紫袍谢恩。

李亨笑着说："既然穿上了紫袍，岂可没有官衔?"当场从怀中取出诏书，任命李泌为"侍谋军国，元帅府行军长史"。

李亨的"天下兵马大元帅"是老爹玄宗任命的，虽然当了皇帝，皇宫里仍设一个元帅府，指挥所有军事。行军长史相当于秘书长。副元帅有两位：一位是郭子仪，领军在外；一位是广平王李俶（后来的唐代宗）。

李俶去宫中晋见皇帝时，李泌留守元帅府；李泌晋见皇帝时，李俶留守。当时军情紧急，四方来的奏章，没有一刻中断。李泌和李俶轮值夜班，也没有一刻空档。遇到十万火急文书，就重新加封，由宫门外通过常设的轮盘投进宫中，内侍会叫醒皇帝裁决。宫廷殿堂所有钥匙符信，由李俶和李泌共同掌管。

新政府稳住阵脚,并向回纥(瀚海①沙漠部族)、拔汗那(汉代称大宛,今吉尔吉斯斯坦)借兵。李泌建议,先推进到彭原(在今甘肃庆阳市),等待西北大军集结完成,再向凤翔推进。

李亨抵达顺化(在今甘肃张掖市),遇见了太上皇从成都派来的密使韦见素与房琯,他们带来了唐玄宗的传位诏书。

李亨很讨厌韦见素,因为他是杨国忠一派,但是对房琯非常敬重。

房琯在开元时期担任地方官,治绩良好,县民甚至为他建生祠,后来到中央担任给事中,是高职等谏官,却因为直言被杨国忠排挤。

唐玄宗逃出长安后,曾问高力士:"依你看,朝臣谁会跟来?谁不会来?"

高力士说:"张均、张垍受陛下恩最深,一定会来;房琯有名声,可是陛下未予重用,恐怕不会来。"

玄宗当时说:"很难讲。"结果,房琯赶上晋见玄宗,而张垍却当了安禄山的宰相。房琯在成都位居宰相,到了顺化,李亨将他留下,在新政府也担任宰相。

房琯的主管业务包括门下省,而左拾遗是门下省属官,于是杜甫成了房琯的下属,且受到房琯的赏识。

然而,肃宗朝的臣子分清、浊二流。士人自命清高,排

---

① 瀚海:唐代指蒙古高原大沙漠以北及其地西今准噶尔盆地一带。

斥武人。房琯自命清流，大量推荐当时知名之士（包括杜甫），也得罪了很多人，其中一位是贺兰进明。前文述及他"不肯借兵给南霁云"则是在此之后的事情。

贺兰进明入朝晋见肃宗，肃宗命房琯发表贺兰进明为岭南节度使兼御史大夫，可是房琯却发表他为"摄御史大夫"。摄，就是代理。事实上，贺兰进明的主要职务是节度使，有地盘、有军队，在中央挂任何官衔都是虚衔，不具实质意义。可是房琯就是故意要贬低贺兰进明，因而被贺兰进明告状，而且同时告了两状。

第一状是告房琯挟私报怨，欺下瞒上。

第二状则是告房琯"纵容门下宾客董庭兰纳贿"。

结果房琯罢相，贬任太子少师，又贬为邠州刺史（治所在今陕西彬州市）。房琯在邠州治绩卓著，名声传回朝廷，肃宗又召他回任刑部尚书，却在路上病逝，追赠太尉。

房琯罢相时，杜甫上疏为他"辩护"，惹恼了唐肃宗，下诏严办，幸赖宰相张镐（清流领袖）为他开脱，才免受处分。杜甫为此心灰意冷，向朝廷请假回家探亲，肃宗干脆免了他的职。

杜甫后来路过房琯之墓，感怀这位老长官，写了一首诗：

别房太尉墓
杜甫
他乡复行役，驻马别孤坟。

近泪无干土，低空有断云。

对棋陪谢傅①，把剑觅徐君。

唯见林花落，莺啼送客闻。

前文提及，房琯因为门下宾客董庭兰收贿而垮台。董庭兰又是何方神圣？董庭兰是当时长安城最红的古琴演奏家。那时西域音乐甚为流行，因而古琴鲜有人演奏。董庭兰起初以精于西域乐器筚篥（一种竹管竖笛）受到欢迎，但他致力钻研古琴演奏技巧，只要听说哪里有人精于某一乐曲，总是不辞跋涉，前往请教。于是能够兼百家之长，成为古琴演奏第一人。

诗人李颀有一首诗，描绘董庭兰的琴艺，简直出神入化：

听董大弹胡笳弄兼寄语房给事（节录）
李颀

……

董夫子，通神明，深松窃听来妖精。

言迟更速皆应手，将往复旋如有情。

……

幽音变调忽飘洒，长风吹林雨堕瓦。

---

① 谢傅：东晋太傅谢安在淝水之战前，仍泰然下棋。杜甫以之比喻房琯在战争时担任宰相。

迸泉飒飒飞木末，野鹿呦呦走堂下。

……

"言迟更速皆应手，将往复旋如有情"，是说董庭兰演奏时，节奏要慢要快都能得心应手，音乐流畅更能来去自如。

"幽音变调忽飘洒，长风吹林雨堕瓦。迸泉飒飒飞木末，野鹿呦呦走堂下。"四句形容了七种不同的情境：幽静、洒脱、雄厚、急遽、奔放、狂放、悠闲——董庭兰的音乐能够攫住听众的心绪，随之喜、随之怒、随之急、随之缓。

董庭兰的琴艺高超，深获房琯欢心，才得以"拿着鸡毛当令箭"，也才有人会向他行贿——因此害得房琯垮台。

【原典精华】

上与泌出行军,军士指之,窃言曰:"衣黄者,圣人也;衣白者,山人也。"

——《资治通鉴·唐纪三十四》

一二 上皇回京

百官何日再朝天

杜甫一片丹心要报效朝廷,可是朝廷内却争权夺利、相互倾轧。前方郭子仪、李光弼尚称顺利,沦陷区包括颜真卿等反抗军,相当程度地牵制了安禄山,这是灵武政府的朝廷还有精神搞内斗的环境。

如此外在因素甚至让皇帝"自我感觉良好"。

唐肃宗记恨李林甫(当年差点废了他的太子名衔),有一次与李泌谈话,肃宗说一旦反攻打回长安,要将李林甫的尸骨从坟墓里挖出来"焚骨扬灰"——战情稍稍好转,唐肃宗就以为胜利在望了!

李泌一听不对,赶紧说:"陛下当前要务是安定天下,何必跟那枯骨计较?"

肃宗说:"这贼子当年想要加害于我,我当时的处境堪称朝不保夕,能有今天,都是上天保全。你还帮他讲话?"

李泌只好抬出唐玄宗:"陛下明鉴。太上皇在位五十年,天下大治,如今一朝失意,避居巴蜀,南方地恶,太上皇年岁又高,听说陛下报复李林甫,必定感到惭愧(安史之乱乃因玄宗宠信李林甫所致),万一忧愤成疾,陛下岂不自责?"

话没说完,李亨已经满脸泪水,抱住李泌痛哭。

原来,李亨一向最孝顺他老爸,连房琯等带来的传国玉玺与册封诏书,都特别放在别殿供奉,日夜请安问候,如同儿子对老爸晨昏定省。李泌这一抬出玄宗,肃宗立刻就"听话"了。

李林甫的坟墓挖不挖,口上说来轻松。真要打回长安,却没那么容易。事实上,除了郭子仪、李光弼,其他军队仍然不敌安禄山。

李亨不止一次问李泌:"敌势如此强,什么时候才得平定啊?"

李泌则答以:"以我的估计,不出两年,天下就没有贼寇了。"

李泌这番话当然是安慰之词,但他并非阿谀小人,用好听话搪塞皇帝。李泌发现,安禄山将关中掳掠所得,都送回范阳，显示他并无长久占据关中的决心。首领如此心态，下面将领更为自己打算，时间久了，必定生变。李泌就在等他生变。

变局终于被他等到了：安禄山被儿子安庆绪弑杀。

安禄山自起兵以后，视力就逐渐减退，等进了长安城，过起大燕皇帝的瘾，眼睛却几乎已经看不见了。大将都难得见到皇帝，有事必须透过亲信严庄代转，而安禄山本人变得脾气暴躁，动不动就鞭打左右，连严庄有时都不免挨鞭子。

安禄山宠爱小老婆段氏，段氏生的儿子名叫安庆恩，她每天在枕头边吹风，要安禄山立安庆恩为太子。这使得长子安庆绪日日处于恐惧情绪当中。

最后，安庆绪和严庄联手，买通一名宦官李猪儿（李猪儿平常被鞭挞最多），刺杀安禄山。安禄山死前大呼："一定是家贼！"他没有错，安庆绪与严庄当时手持兵器，守在安禄山帐外，不许任何人进入。

安禄山死后，安庆绪进入帐中，吩咐用毛毡将安禄山的尸体裹起，埋在床下，严禁左右泄露消息。第二天早晨，严庄对外宣布，皇帝（安禄山）病重，立安庆绪为太子。不多时，再宣布由安庆绪即帝位，尊安禄山为太上皇，然后发布丧讯。

安庆绪其实是个蠢蛋，个性怯懦，言辞无条理。严庄怕军队不服，就将安庆绪隔离起来，任其每天纵酒为乐，事无大小，皆取决于严庄。诸将也一个个加官晋爵，只要他们欢喜就好。

长安发生巨变,叛军大将史思明攻太原,久久不下;另一大将尹子奇攻睢阳(张巡)也被绊住。这时候,灵武这边的大军(包括郭子仪与西北边防军,以及回纥援兵)已经在凤翔集结,长安附近的原唐军听闻,拔营投奔者日夜不绝。

李泌建议,大军往东直捣敌军根据地范阳,一次解决祸乱,否则敌军退回范阳,将卷土重来。

唐肃宗不同意,说:"我现在只想着收复长安,迎回太上皇,不能采用这个战略!"

唐军展开反攻。可是,燕军情急拼命,仍然勇不可当,唐军一时攻不下长安。郭子仪乃建议唐肃宗向回纥要求增兵。

回纥可汗要求,"攻下长安城,土地和男子归唐,金帛和女子归回纥",唐肃宗居然答应了。于是回纥可汗派他的儿子叶护(不是名字,是头衔,相当于"亲王")率领精兵四千人前往凤翔,唐政府每天供应回纥羊二百只、牛二十头、米四十斛。

唐军发动总攻,燕军大败,燕帝安庆绪退守洛阳。唐军开入长安,回纥军随即要求兑现承诺。

广平王李俶在回纥叶护的马前下拜,说:"现在只收复了西京,如果立即掳掠金帛、女子,东京(洛阳)人民听到,会拼死帮贼军守城,请求到东京再兑现承诺。"

叶护被他的动作吓到,跳下马回礼,捧住李俶的脚,说:"我们愿为殿下前往东京。"回纥军于是不进长安,由南郊绕过。

捷报传到凤翔，唐肃宗涕泪交加，派宦官啖庭瑶前往巴蜀，奏报太上皇，并敦请太上皇回京。

郭子仪肃清关中贼军之后，会合各路将领及回纥军，在陕郡将集结的燕军一举击溃。

燕帝安庆绪率文武百官逃出洛阳，临走之前，大举诛杀唐军俘虏及降将，包括哥舒翰。

回纥军进入洛阳，纵情劫掠。洛阳人民突然发现，他们翘首企盼的王师，居然是恶魔，向天哭诉："为什么会这样？"而回纥军仍不满意，李俶跟洛阳士绅商量，再征收绸缎一万匹，回纥才收兵回国。

西京收复，太上皇也启程回长安。李亨脱下黄袍，改穿紫袍，为老爹引路，还避开御道。李隆基对左右侍从说："我当天子五十年，不晓得什么是尊贵。今天当天子的爹，才真正尊贵。"（都是自我安慰、解愧的言辞。）

接下来，就是一幅超级升官图。

包括灵武政府与巴蜀逃难小朝廷的官员，都成了"功臣"，甚至投降安禄山的官员，除李林甫、杨国忠的子孙外，都在赦免之列。其中包括诗人王维。

王维当时来不及逃出长安，不敢反对安禄山，也不敢不接受大燕官职，只能消极装病（自称患了"瘖病"，不能说话），于是被囚禁在一间寺庙里。他那时作过一首诗《凝碧池》：

万户伤心生野烟，百官何日再朝天。

秋槐叶落空宫里，凝碧池头奏管弦。

西京光复后，因为有这首诗，王维得到唐肃宗嘉许。

杜甫原本停职在家，这下子复任左拾遗，回到长安周旋于权贵之间，也写了一些歌功颂德、粉饰太平的宫廷诗。

奉和贾至舍人早朝大明宫
杜甫

五夜漏声催晓箭，九重春色醉仙桃。

旌旗日暖龙蛇动，宫殿风微燕雀高。

朝罢香烟携满袖，诗成珠玉在挥毫。

欲知世掌丝纶美，池上于今有凤毛。

然而，两京重光却非人人受益。杜甫回到朝廷时，李白却在流放之中。

【原典精华】

初,上欲速得京师,与回纥约曰:"克城之日,土地、士庶归唐,金帛、子女皆归回纥。"

至是,叶护欲如约,广平王俶拜于叶护马前曰:"今始得西京,若遽俘掠,则东京之人皆为贼固守,不可复取矣。愿至东京乃如约。"

叶护惊跃下马答拜,跪捧王足,曰:"当为殿下径往东京。"

——《资治通鉴·唐纪三十六》

一三 流放获赦

轻舟已过万重山

李白怎么会遭流放呢？有一段曲折。

之前唐玄宗逃出长安，经过马嵬驿，历经兵变，杨国忠被杀，杨贵妃赐死，玄宗继续往四川逃亡。一直到了剑阁，此处天险，觉得安全了，才稍稍喘口气，规划反攻。

当时玄宗下令四个皇子分赴四地，统合兵马，反攻两京。事实上，太子李亨当时已经在灵武即位为唐肃宗，另外三位皇子当中，只有永王李璘出川，召集长江以南兵力，积极策划北伐。

李璘的北伐战略其实颇有创意：打造巨舰，由长江口出海北上，预定在今天津附近登岸，切断渔阳路，抄安禄山的老巢范阳。

李璘的总部最初设在江陵（今湖北荆州市），掌控长江以南财赋，征集战士数万人。一俟造舰完成，就顺江东下，声势浩大。

当时李白带着老婆、女儿避祸住在庐山，李璘东下经过江西，派人去征召李白。最初李白还颇犹豫，但使节"三顾茅庐"表现得很有诚意，李白的"帝王师"雄心被撩起，虽然已经五十六岁，仍然自比孔明出山，慨然有澄清天下之志，遂加入了永王李璘的幕府，还为永王作了数十首《永王东巡歌》，现存十一首，此处录其三首：

> 永王正月东出师，天子遥分龙虎旗。
> 楼船一举风波静，江汉翻为雁鹜池。
>
> 祖龙浮海不成桥，汉武寻阳空射蛟。
> 我王楼舰轻秦汉，却似文皇欲渡辽。
>
> 试借君王玉马鞭，指挥戎虏坐琼筵。
> 南风一扫胡尘静，西入长安到日边。

由诗文可以看出，李白一心以为他加入的是"王师"，而且帝王大业在望。殊不知唐肃宗已经即位，而他加入了"叛乱团体"——等到他知道时，已经上了贼船。

那一年的变化很大：安庆绪弑父自立，回纥援军抵达。唐朝收复长安前夕，唐肃宗李亨训令（以老哥对老弟的口吻，而非皇帝降诏）李璘，要他回四川孝敬老爹，李璘却不接受——在李璘看来，如今"天下三分"：老哥，安庆绪，他。如果他的北伐战略成功，天下便是他的。

形势发展很快，安庆绪退回洛阳，太上皇回到长安，唐肃宗此时岂容"天有二日"！于是下诏淮南、淮西、江东诸镇节度使，会同"招讨"李璘。招讨大军驻防扬子（扬州滨长江处），沿江遍插军旗，以壮声势。

永王李璘读过兵书，但没真正带兵打过仗，他跟儿子李偒一同登上丹阳（今江苏镇江市）城墙，脸上露出恐惧神色。

主帅的脸色看在将领眼里，当天就有三名将领向官方"投诚"，李璘父子不知如何是好。李白跟赵蕤学的帝王术，看来也没发挥作用。

当天晚上，长江北岸的招讨军沿江燃起大量火炬，熊熊光焰倒映江中，形成上下两排，声势惊人。

李璘军队"输人不输阵"，也燃起火炬相抗。

但那不是李璘下的命令，所以他不知道。突然"军中起火"，李璘误以为招讨军已经渡江，大为恐慌，立刻召集家属及侍卫，趁黑逃走。这一招倒是深得玄宗真传。

天亮后，没看到敌军，才又回到城里，集结未逃跑的残余士卒，乘船东下。在新丰（濒太湖，今江苏常州市内）与招讨军遭遇，李侥中箭被乱兵杀害。李璘向西奔往鄱阳，被江西采访使皇甫侁逮捕，处死。

皇甫侁还以为自己立了大功，却不料唐肃宗大发雷霆——皇甫侁被撤职，永不录用！原来，李璘从小没了母亲，是李亨带大的，时常抱着睡觉。肃宗知道这个弟弟不会打仗，所以只调动地方军队"招讨"他，而事实上也没大动干戈就解决了。

回头说李白。李白这下惨了，他成为叛乱犯，先被判死刑，不久减刑为流放夜郎（今贵州西南部）。

流犯李白自浔阳（今江西九江市）启程，溯长江西上，走了半年才到江夏（今湖北武汉市）。李白刻意在江夏盘桓，过了年，才上行到江陵，进入长江三峡。

走在长江三峡中，李白写下了《上三峡》：

巫山夹青天，巴水流若兹。
巴水忽可尽，青天无到时。
三朝上黄牛，三暮行太迟。
三朝又三暮，不觉鬓成丝。

这首诗里的"青天"是一语双关，既描绘巫山高耸插天，又比喻皇帝，自哀赦书不至。而诗中"三朝三暮"与"黄牛"典故则出《水经注》："朝发黄牛，暮宿黄牛；三朝三暮，黄牛如故。"

李白一心报国,却误投叛军,更遭流放夜郎,心情之郁闷可以想见。遇上三峡江流湍急,上溯难行,加上水路迂回,三朝三暮都还能望见山上"黄牛",心头烦得鬓发都白了。

终于,船上行到了白帝城,这里是三国刘备绝命托孤之地,触景伤情,李白的心情跌落到一个新低点。

就在这个时候,天上掉下来一个好消息:赦免李白的诏书到了白帝城!

这是怎么回事?

故事要回推到李白三十五岁那一年,他在太原为一位青年军官说情,救了他一命——那个青年军官名叫郭子仪,如今是大唐帝国天下兵马副元帅,而且已经立下收复两京的大功劳。

郭子仪在收复东京洛阳之后,回到长安,听人说起"李白流放夜郎"。他想起李白的救命之恩,于是在晋见唐肃宗时,表示"愿以自己官职换取李白赦免"。

这不是开玩笑吗?大唐帝国今天怎么可以没有郭子仪?

唐肃宗当场下诏,赦免李白。可是,宣诏使并不知道李白走到哪里了,他只能先从长安到浔阳,然后一路追寻李白的行迹,沿长江西上。好在李白一路上刻意流连,宣诏使乃能在白帝城赶上了李白。

李白自由了,他即刻上船,直奔江陵。白帝山上的云,在心情低落时,看来是乌云,此刻也成了彩云。于是李白写下他的传世名作之一《早发白帝城》：

> 朝辞白帝彩云间，千里江陵一日还。
> 两岸猿声啼不住，轻舟已过万重山。

这一首诗再度引用了郦道元《水经注·江水》的记录："巴东三峡巫峡长，猿鸣三声泪沾裳！"

四川是李白的故乡，已经近在眼前，他却丝毫没有要回乡的念头，痛快享受朝发白帝、暮到江陵的"快"乐。

猿啼？什么猿啼？李白全没感受。他只晓得，轻舟已过万重山，一切都没事了。

然而，大唐帝国却还没能"轻舟已过万重山"。

【原典精华】

江水又东径黄牛山,下有滩,名曰黄牛滩。南岸重岭叠起,最外高崖间有石色如人负刀牵牛,人黑牛黄,成就分明。既人迹所绝,莫得究焉。此岩既高,加以江湍纡回,虽途径信宿,犹望见此物,故行者谣曰:『朝发黄牛,暮宿黄牛;三朝三暮,黄牛如故。』

——《水经注·江水》

【原典精华】

至于夏水襄陵，沿溯阻绝，或王命急宣，有时朝发白帝，暮到江陵，其间千二百里，虽乘奔御风，不以疾也。……每至晴初霜旦，林寒涧肃，常有高猿长啸，属引凄异，空岫传响，哀转久绝。故渔者歌曰：『巴东三峡巫峡长，猿鸣三声泪沾裳！』

——《水经注·江水》

一四 生死见真情

冠盖满京华,斯人独憔悴

李白已经得赦,可是杜甫的消息不灵通,当时他人在秦州(今甘肃天水市),原来他跟长安官场格格不入,又辞官了。辗转才听到李白贬谪蛮荒,心想李白已年近花甲,这下子肯定凶多吉少。诗人感情丰富,日有所思,夜有所梦,于是写了二首《梦李白》:

死别已吞声,生别常恻恻。
江南瘴疠地,逐客无消息。

故人入我梦，明我长相忆。
恐非平生魂，路远不可测。
魂来枫林青，魂返关塞黑。
君今在罗网，何以有羽翼？
落月满屋梁，犹疑照颜色。
水深波浪阔，无使蛟龙得。

浮云终日行，游子久不至。
三夜频梦君，情亲见君意。
告归常局促，苦道来不易。
江湖多风波，舟楫恐失坠。
出门搔白首，若负平生志。
冠盖满京华，斯人独憔悴。
孰云网恢恢？将老身反累。
千秋万岁名，寂寞身后事。

杜甫以为李白九死一生，哀李白同时也嗟叹自己。而"冠盖满京华"一句，则十足描绘了当时长安城里的乐观气氛。

李白由江陵入三峡那一年，唐肃宗以公主嫁给回纥可汗，然后郭子仪率九镇节度使讨伐安庆绪。

李白获赦"轻舟已过万重山"那年，杜甫辞官经秦州往成都，大燕内部却发生了兵变，史思明杀安庆绪，自立为燕王。

史思明是安禄山手下大将，安庆绪弑父自立后，命史思明回范阳镇守大本营。

史思明在范阳，大力收编前线逃回来的败兵，实力膨胀。

安庆绪忌讳史思明，派阿史那承庆以征兵为名，前往范阳，私下训令他"找机会杀了史思明"。

史思明的参谋耿仁智点破这个阴谋，并劝史思明投降唐朝，"转祸为福"。另一位将领乌承玼也说："唐军复盛，安庆绪不过一颗'叶上露'而已（太阳一出就消失了），何必跟他一同灭亡！如果归顺唐朝，洗刷从前的污点，如反掌之易！"

于是史思明动员数万人，出城"迎接"阿史那承庆的五千卫队，再将他骗到内院饮酒欢乐，另外派人收五千卫队的武器。第二天，阿史那承庆在宿醉中被囚禁，史思明派人上表唐朝，献出所辖十三个郡和武装部队八万人，请求投诚。唐肃宗大喜，封史思明为归义王，仍兼范阳节度使，命他讨伐安庆绪。

安庆绪突然陷入众叛亲离的困境，只能用恐怖手段控制军队，两名归降唐朝的郡太守，被他派兵攻陷城池俘虏，在邺都（今河南安阳市）闹市上施以剐刑（肉尽犹未死！）。凡是被他怀疑可能变节的，蕃人诛杀全"种"（部落），汉人诛杀全族，其结果是人心更加惊惶离散。

可是，唐军河东节度使李光弼认为史思明不可靠，最终免不了仍要叛变，于是收买史思明的亲信乌承恩，命乌承恩刺杀史思明，答应事成后任命他为范阳节度副使。这个阴谋没有成功，乌承恩和儿子同遭逮捕，并搜出李光弼的文书，还有唐肃宗赐的铁券（免死诏令）。

史思明召集诸将公审乌承恩，将乌氏父子乱棍打死。乌承恩的弟弟乌承玼（当初劝史思明投降那位）逃奔太原，另一位劝降要角耿仁智也被乱棍打死，脑浆流满一地。史思明接着上表唐肃宗，要求诛杀李光弼，肃宗当然不可能同意，于是史思明再举起反唐大旗。

郭子仪率军渡过黄河，击溃安庆绪大军，一路追击到邺都。安庆绪陷入包围，只好派人去范阳，向史思明求救，声称愿把皇帝宝座相让。史思明出动十三万人南下，可是却停在半途，观望不前，只派出步骑一万人，在距离邺都一百里外的滏阳（今河北磁县）作势声援。

史思明将主力分兵三路进攻魏州（今河北大名县），攻陷，杀三万人，守将崔光远弃城只身逃走。史思明乃在魏州城北兴筑高台，登台阅兵，自称"大燕圣王"。

邺都被围得密不透风，地下的老鼠都被掘光，一只老鼠价格四千钱，土墙中的谷皮也用水洗出，淘取食用。可是，安庆绪死守不降。久之，唐军渐渐"皮"了，军心松懈。这时，史思明大军由魏州南下，在距邺都五十里处扎营，每营发战鼓三百个，日夜不停擂动，从精神上对唐军施压；又遴选精锐骑兵五百人，每天出动劫掠、袭扰；更化装成唐军，偷袭后方补给线。

最后，双方约定日期决战，唐军步骑兵六十万人，史思明亲率精锐兵五万人。史思明迅速发动攻击，双方正酣战间，大风突然漫天而起，飞沙滚石，摧树拔木，太阳被风沙遮住，地面军队伸手不见五指——双方大军同时崩溃，史思明大军向北逃命，唐军向南逃命！

唐军人数太多，九镇军队失去指挥，大乱溃退。东京洛阳以为前方大败，贵族、官员、平民争先恐后逃亡。九镇节度使各自逃回自己的地盘，还能维持军纪的，只有李光弼和王思礼，郭子仪则在稍后稳住脚步，招抚散兵。

史思明在确认唐军逃走之后，集结部队，折回邺都，在城南扎营。不主动跟城内联系，也不南下追击唐军，每日在营中大宴将士。邺都官员有出城劳军者，史思明与他们相见，呜咽流泪，然后馈赠礼物，送他们回邺都。三天后，安庆绪派人向史思明称臣，请史思明部队"卸甲入城"，他将献上皇帝玉玺。

史思明口中说"何至于此"，但却将安庆绪的奏章传阅三军，三军将士高喊"万岁"。

安庆绪以为史思明真的不想当皇帝，就请求跟史思明歃血为盟，约为兄弟。史思明同意。于是安庆绪在三百骑保护下，前往史思明大营。史思明命士卒身穿铠甲，手持兵器，严阵以待，然后引安庆绪等人进入庭院。安庆绪向史思明下跪，叩头谢恩。

这时候，史思明突然翻脸，述说安庆绪的罪状，命武士将安庆绪与四个弟弟,以及主要的八位将领,一齐斩首,但保留文官的脑袋,要他们维持政府运作。

史思明班师回到范阳,自称"大燕皇帝",改范阳为"燕京"。

唐军九镇联军因气候突变而溃败,但因为安庆绪被杀,而史思明在长安那些官僚的心目中,远不及安禄山,认为乱事平定指日可待,因而长安朝廷中一片"自我感觉良好"。

好到什么程度?

好到居然逼郭子仪下台!

一⑤ 老骥伏枥

孤凤向西海，飞鸿辞北溟

九镇兵马自乱阵脚溃败，给了唐肃宗身边当红宦官鱼朝恩见缝插针的机会。一番谗言之后，唐肃宗将驻防东京洛阳的郭子仪召回长安，改派李光弼为天下兵马元帅，接替郭子仪。

历史的经验中，功高震主的大将被拔除军权，下场多半是被处决。因此，郭子仪的嫡系士众拦住宣召钦差（宦官），要求留下郭子仪。但是，郭子仪如果不去，可是"抗旨"的罪名，依律是要杀头的。

郭子仪一生没起过造反念头，于是对士众说："现在只是给钦差饯行，我还没要走。"等通过群众，郭子仪一提马缰，绝尘而去，士众追赶不及。

接下重任的李光弼明白自己的处境——虽然升了官，手握天下兵权，却不时会有人向皇帝打小报告。于是他向朝廷提出：派一位亲王为元帅，自己当副元帅。

肃宗就派自己的儿子赵王李系为天下兵马元帅，但李系不去前线，留在长安，实际军事仍然交付李光弼。

李光弼同时也明白，郭子仪的朔方军心向故主，眼前不会拥护他。于是他采取闪电措施：带领五百骑兵，趁夜闯进朔方军大营，直入节度使总部，接收兵权。

朔方军的左厢兵马使张用济一度起意奇袭洛阳，赶走李光弼。李光弼得悉这个阴谋，但因张用济当时驻守河阳（今河南孟州市），是最重要的据点，所以先不动声色；后来借一次巡视的机会，张用济单独来晋见时，下令将他拿下，斩首。朔方军因此全军肃然，畏惧李光弼的严厉。

史思明听说郭子仪走了，大军分四路南下，在汴州（今河南开封市）集结。李光弼正沿黄河巡视各军，得到情报，立刻赶到汴州，训令汴州节度使许叔冀："若能坚守十五天，我就率军来援。"

许叔冀一口答应，李光弼乃回洛阳调兵。

可是许叔冀对上史思明，才打了一场败仗，就献城投降了。于是史思明乘胜追击，大军直逼洛阳。

李光弼见敌军来势汹汹，决定放弃洛阳、坚守河阳。

史思明进入洛阳，发现是一座空城，官吏、人民都撤退了，所有民生物资和铁器也都移去河阳。他担心李光弼已经设好伏兵，因此也不敢住进洛阳皇宫，驻军白马寺（洛阳城东北）。

史思明派勇将刘龙仙到河阳城下搦战。刘龙仙自恃勇武，将右脚跷到马脖子上，在城下骂阵。

李光弼问："谁能斩他？"

大将仆固怀恩自请出战。

李光弼说："这种事不必大将出马。"

左右推荐白孝德。

李光弼问白孝德："要多少军队？"

白孝德回答："我一个人足够了。"

李光弼再问："不要人马，另外需要什么？"

白孝德说："挑选五十名骑兵在城下掠阵；我动手时，请城上擂鼓呐喊助势。"

白孝德挟着两支铁矛，挥鞭催马，渡水前往对岸。

仆固怀恩说："赢定了！"

李光弼问："还没交手，你怎么知道？"

仆固怀恩说："看他手提缰绳的安闲神态，知道他有着万全计谋。"

刘龙仙见只来一个敌人，根本不将他放在眼里。等白孝德过了河，靠近了，打算有动作，白孝德却向他摇手示意，好像不是前来决战似的。

刘龙仙猜不透他这个动作的含意,于是按兵不动。

白孝德前进到距离十步之处,让马休息好一会儿,突然瞪眼大喝:"叛贼,你可认识我?"

刘龙仙说:"你是谁?"

白孝德:"我,名叫白孝德。"

刘龙仙:"哪里来的猪狗!"

白孝德突然高声大叫,舞动铁矛,跃马攻击。此时,城上战鼓如雷,喊声震天,城下五十名骑兵飞奔过河,乱刘龙仙的阵脚。

刘龙仙仓促间不及发箭,条件反射般拨马绕着河堤逃走。白孝德追上,刘龙仙被铁矛刺下马。

白孝德割下刘龙仙的人头,带回城里,燕军大为惊骇。

史思明人多势众,李光弼智计百出,双方在洛阳与河阳之间对峙一年多。其间李光弼分兵攻略周边诸镇,史思明也分兵救援,双方互有胜负。

直到一场剧变发生。

大燕皇帝史思明犯了跟安禄山一样的致命错误,想要立小儿子史朝清为太子,并除去长子史朝义(怀王)。史朝义的部将骆悦、蔡文景跟他摊牌,要求以武力挟持史思明,并且说:"大王如果不允许,我们今天就投奔唐朝,大王你也无法保全自己。"

史朝义不敢发动,却又无力阻止,只好哭着说:"你们好好去做,千万不要惊吓到皇上!"

骆悦胁迫史思明的侍卫长曹将军,攻进史思明的居处,史思明中箭,被绑缚绞死。史朝义在洛阳登基称帝,消息传到范阳,留守的将领谁也不服谁,相互攻击,连月血战,死亡数千人。至于前线军中,皆为安禄山旧将,史思明在时还罩得住,如今全都不愿效忠史朝义。

敌军内部生变,大唐朝廷又认为天下太平了,乃将李光弼调回河中节度使本职,他的头衔也改为河南(黄河以南)兵马副元帅,兼八镇行营节度,于是李光弼离开北方战场前往临淮(今江苏盱眙县附近)。

听说李光弼到了临淮,刚从江陵回到江南的李白心又动了。那一年他六十一岁,写了一首长诗给李光弼毛遂自荐,却因为生病,未能到达临淮。

这首诗中吹捧李光弼的军容"黄河饮马竭,赤羽连天明";军威"三军受号令,千里肃雷霆";述说自己的志向"意在斩巨鳌(海中大鳖),何论鲙(同"脍",细切)长鲸";可惜"半道谢病还,无因东南征";一生心怀大志,最终只能"孤凤向西海,飞鸿辞北溟"。

与此同时,杜甫人在四川,境遇潦倒。

【原典精华】

孝德挟二矛,策马乱流而进。半涉,怀恩贺曰:"克[1]矣。"光弼曰:"锋未交,何以知之?"怀恩曰:"观其揽辔[2]安闲,知其万全。"

龙仙见其独来,甚易之。稍近,将动,孝德摇手示之,若非来为敌者,龙仙不测[3]而止。去之十步,乃与之言,龙仙慢骂[4]如初。孝德息马良久,因瞋目谓曰:"贼识我乎?"龙仙曰:"谁也?"曰:"我,白孝德也。"龙仙曰:"是何狗彘[5]!"

孝德大呼,运矛跃马搏之。城上鼓噪,五十骑继进。龙仙矢不及发,环走[6]堤上。孝德追及,斩首,携之以归,贼众大骇。

——《资治通鉴·唐纪三十七》

---

①克:军队打胜仗称"克"。
②辔:pèi,马缰。
③测:猜。不测指猜不透。
④慢骂:辱骂,谩骂。
⑤彘:zhì,猪的别称。
⑥环走:绕着走。

一(六) 大乱平定

青春作伴好还乡

杜甫在秦州"梦李白",之后前往蜀州,经过剑阁到成都,也就是走"难于上青天"的蜀道。

经过剑阁时,杜甫写下"剑门天下壮"的名句,诗中有"连山抱西南,石角皆北向"——一个落魄流离的诗人,比当初逃难的皇帝,还心向"北面"!

杜甫到了成都,先寓居城西草堂寺,得到好友著名诗人高适(时任西川节度使)的资助,得以不在僧房打斋(可以吃荤)。

后来，在蜀地朋友协助下，杜甫于成都浣花溪畔自建草堂，心情转为舒畅，"自去自来梁上燕，相亲相近水中鸥"。偶尔有朋友来访，"花径不曾缘客扫，蓬门今始为君开"，也有"肯与邻翁相对饮，隔篱呼取尽余杯"的雅兴。

然而，草堂的建筑毕竟简陋，隔年秋天，一场暴风雨造成了一场灾难：

茅屋为秋风所破歌
杜甫

八月秋高风怒号，卷我屋上三①重茅。茅飞渡江洒江郊，高者挂罥②长林梢，下者飘转沉塘坳。

南村群童欺我老无力，忍能对面为盗贼③。公然抱茅入竹④去，唇焦口燥呼不得，归来倚杖自叹息。

俄顷⑤风定云墨色，秋天漠漠向昏黑。

布衾⑥多年冷似铁，娇儿恶卧⑦踏里裂⑧。

床头屋漏无干处，雨脚⑨如麻未断绝。

---

① 三：泛指"多"。
② 罥：juàn，悬挂，缠绕。
③ 为盗贼：做出盗贼之举。
④ 入竹：进入竹林。
⑤ 俄顷：顷刻间。
⑥ 衾：被子。
⑦ 恶卧：睡相不佳。
⑧ 踏里裂：把被里蹬破了。
⑨ 雨脚：雨点打在屋上，如脚踩般。

自经丧乱少睡眠,长夜沾湿何由彻①!

安得广厦千万间,大庇天下寒士俱欢颜!风雨不动安如山!

呜呼!何时眼前突兀②见此屋,吾庐独破受冻死亦足!

这就是杜甫,自家的茅屋毁于风雨,他还念及"天下寒士"。且不仅念及寒士,也念念不忘国事,草堂修复后的隔年,他听说官军收复河南河北,心情激动作诗:

闻官军收河南河北

杜甫

剑外忽传收蓟北,初闻涕泪满衣裳。
却看妻子愁何在?漫卷诗书喜欲狂。
白日放歌须纵酒,青春作伴好还乡。
即从巴峡穿巫峡,便下襄阳向洛阳。

事实上,"剑外"(剑阁之外,远离中原)的消息落后,中原战事与政局已经发生了很大的变化。

史朝义弑父自立,大燕帝国内部虽然不稳,可是大唐

---

① 彻:整夜。何由彻:如何坚持到天明。
② 突兀:高耸貌。

帝国缺乏能够指挥大军团作战的将帅（因为李光弼被调往南方），战事因而无甚进展。

唐肃宗不得已，只好征召郭子仪复出，封郭子仪"汾阳王"，统摄四镇节度使，并兼关中两个直隶军的副元帅。

当时肃宗已经病重，将郭子仪召进寝宫，对他说："河东（黄河是陕西、山西界河，河东意指关中以外）的事情，完全交给你了！"

一个半月之后，太上皇李隆基崩逝。又半个月后，唐肃宗李亨崩逝，太子李豫（就是之前的李俶）继位，是为唐代宗。

代宗即位之初，凡事听从肃宗后期当权的宦官李辅国，尊称他为"尚父"。这个尊号，在此之前的历史，只有周武王称姜尚姜太公。另外，齐桓公称管仲"仲父"，项羽称范增"亚父"。

李辅国权倾一时，连宰相元载都事事迎合他。但是李辅国"一人之下"的地位，只维持了不到两个月。

代宗先解除李辅国的行军司马职位（不再能插手军事），再免除他的中书令职位（不再能干预政务），然后将他"一脚踢到楼上"——晋封博陆王。李辅国想要进宫"谢恩"，皇宫守门人对他说："尚父已经免除宰相职务，不应再进此门。"

取代李辅国地位的，是另一个宦官程元振。程元振一时无法掌握天下兵马，只能管到禁军，于是代宗下诏：命郭子仪为行营节度使，得以调遣、节制所有节度使兵力。但那只是一时之计，两个月后，郭子仪入京朝见，就被留在长安，解除所有的兵权。

代宗李豫命儿子李适（后来的唐德宗）担任天下兵马元帅，同时派宦官刘清潭前往回纥，请回纥登里可汗出兵。

登里可汗最初接到史朝义的邀请，相约趁唐朝皇帝崩逝，一同进军关中。回纥十万大军已经南下到了忻州（今山西忻州市），刘清潭紧急回报，唐朝廷才紧急派人"迎接劳军"，同时教朔方节度使仆固怀恩赶往忻州。

仆固怀恩是蕃将（铁勒族），女儿嫁给从前回纥可汗的一个孙子，而那个女婿正是此时的登里可汗。结果，丈人说服了女婿，回纥改支持唐军，攻打燕军。

唐回联军击败燕军，史朝义只带了数百骑兵突围北逃。

回纥军进入洛阳，大肆烧杀掠夺，居民死亡数以万计，大火数十天不息，并将劫掠的财货、妇女集中一地，派将领留守。

史朝义逃往河北，一败再败，燕军守将一个个投降唐军。最后，燕国的范阳节度使李怀仙向唐朝投诚，命兵马使李抱玉紧闭范阳城门，李抱玉只供应史朝义军队一餐，史朝义军中的范阳人也一个个"叩头辞别"（回到城中的家）。史朝义泪流满面，率胡骑数百人向北继续亡命，被李怀仙追兵赶上，史朝义被迫在树林中上吊自杀。

这就是"官军收复河南河北"的历史记载。所谓"光复"，事实上是唐朝惨胜、人民哀鸿遍野。

"安史之乱"虽然结束，藩镇割据却正要开始。

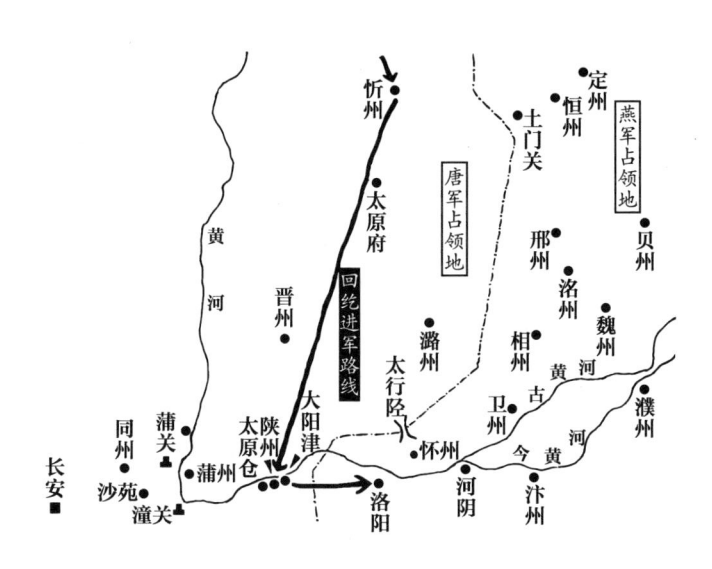

△回纥援军第二次南下

一七 落花时节

飘飘何所似？天地一沙鸥

安史之乱宣告结束的时候，李白已经去世一年（与唐玄宗、唐肃宗同年过世），临终作诗：

临终歌（节录）
李白
大鹏飞兮振八裔，中天摧兮力不济。
余风激兮万世，游扶桑兮挂左袂。
后人得之传此，仲尼亡兮谁为出涕？

李白就是李白,他心知自己的帝师梦虽未得圆,但诗文足以流传百世,因此敢自比孔子。

杜甫呢?

在得到官军收复河北、河南的消息之后,杜甫原本有意"青春作伴好还乡",路线且已规划好,"即从巴峡穿巫峡,便下襄阳向洛阳",也就是由成都出三峡,再顺汉水回到河南故乡。

但是,计划永远跟不上变化。

杜甫入蜀,最初是得到成都尹严武的资助,但严武随即被召进京,好在老朋友高适继任。之后成都发生乱事,他一度前往梓州(今四川三台县)依附汉中王李瑀。乱事已经平定,看着一批又一批朋友回长安与洛阳,杜甫也积极做东下出峡的准备。

就在这时候,严武又被诏命为西川节度使,并且邀请杜甫进入他的幕府——老友正在用人之际,且节度府幕僚有俸禄,可以不靠朋友解囊相助,于是杜甫又回到成都。

严武除了聘杜甫为节度参谋,甚且上表朝廷,任命他一个"参谋检校工部员外郎",这个官虽然有衔无职,但毕竟是六品京官。后世称杜甫"杜工部",因为那是他一生中最高的官衔。

老年(五十三岁)入幕,与一班年轻的清客同事,杜甫显得落落寡欢,一再向严武表示,自己留下来,只因"束缚酬知己,蹉跎效小忠"。终于还是辞去了参谋的职务。不久之后,严武本人也死在任上。

杜甫再回到草堂,收拾细软,一个月后,举家下三峡,却因生病及其他原故,"四穿白帝城"而未出峡。

这期间,他的心情以这首诗最能表达:

旅夜书怀
杜甫
细草微风岸,危樯独夜舟。
星垂平野阔,月涌大江流。
名岂文章著,官应老病休。
飘飘何所似?天地一沙鸥。

杜甫在三峡中"流连"一年九个月,他上下巫峡当然也听到猿啼,可是他和李白当时的心情却大不相同:李白一心思归,所以诗句是"两岸猿声啼不住",猿啼之声对他毫无影响;可是杜甫因老病而蹉跎峡中,诗句是"听猿实下三声泪",猿声和他的心境,如响斯应!

终于,杜甫还是出峡东下了,在江陵跟他的弟弟杜观一家团聚,停留接近一年后,继续东下到了潭州(今湖南长沙市)。杜甫在潭州遇到一位老朋友李龟年,他是开元、天宝年间长安最红的音乐表演家,擅长歌唱,又会演奏胡乐。在那个繁华年代的长安城,达官贵人家里夜夜笙歌,像李龟年与前面提到的董庭兰等表演者,以及李白、杜甫这些才气纵横的诗人,经常都是这些上流社交场合的座上宾。

杜甫这下在潭州遇到李龟年,写了一首诗:

江南逢李龟年

杜甫

岐王宅里寻常见,崔九堂前几度闻。

正是江南好风景,落花时节又逢君。

一首伤感诗却能完全不着伤感字,初读毫无悲伤之感,细读咀嚼之后,才知诗中意有所指。岐王李隆范是唐玄宗的兄弟,崔九(崔涤)在开元年间任殿中监,以他代表开元盛世。而眼前的江南美景,"风景不殊而河山有异",末句"落花时节"更是一语双关,既说时节,又喻大唐帝国的国势已是"落花时节",甚至杜甫和李龟年两人也到了"落花时节"——杜甫在一个月后去世。

《唐诗三百首》的编者蘅塘退士评论本诗:"世运之治乱,年华之盛衰,彼此之凄凉流落,俱在其中。少陵七绝,此为压卷。""落花时节"也是大唐盛世的压卷,还是谶言,帝国国势从此江河日下。

第二篇 藩镇割据

无有一城无甲兵

蚕谷行

杜甫

天下郡国向万城,无有一城无甲兵。

焉得铸甲作农器,一寸荒田牛得耕。

牛尽耕,蚕亦成。

不劳烈士泪滂沱,男谷女丝行复歌。

安史之乱虽然平定，大唐帝国却已元气大伤。

更糟糕的是，唐肃宗为了赶快看到天下太平，处处采用权宜之计：

一、为了求得回纥援兵，什么条件都答应，事成之后却又无法完全兑现，结果人民悲惨，回纥却仍不满足。

二、为了消灭安庆绪、史朝义，重赂叛军将领，并许以地盘，结果安史之乱算是平定了，却生出更多军阀。

最严重的问题在唐肃宗李亨本人，他不是一个有能力的君主，耳根子又软，听信张皇后和太监的"小话"。久之，各藩镇军阀看破了朝廷手脚，需索无度，随时翻脸。

朝廷与藩镇之间完全没有互信，反而相互防备。结果，全国各州城都驻扎了军队——最初为了节省国防军队，只在边境设置十镇节度使，如今完全相反，经济也因此被拖垮了。

从此之后，大唐其实已经不复一个中央集权的帝国，而是军阀割据的局面。

一八 逼反仆固怀恩

殿前兵马破汝时

前文述及,回纥可汗为儿子登里向唐朝求婚,唐肃宗命仆固怀恩将女儿嫁给登里。后来登里继承可汗大位,肃宗已死,继位的唐代宗李豫命仆固怀恩去向女婿求援兵,一同讨伐史朝义。

当时,翁婿二人在太原相见,太原府是河东节度使的治所。节度使辛云京担心仆固怀恩会跟回纥联手偷袭他,因此紧闭城门,也不出城劳军。后来,安史之乱平定了,代宗下诏要仆固怀恩送登里可汗出塞,经过太原府,辛云京仍紧闭城门，不相往来。仆固怀恩为此十分火大，上表告状，可是代宗身边的宦官得了辛云京好处，这份奏章因此没有给皇帝看到。

唐代宗派宦官赴四方巡查。宦官骆奉先到了太原，辛云京以厚礼笼络，并且一直碎碎念"仆固怀恩联合回纥谋反，反状已露"。

骆奉先再到汾州见仆固怀恩。仆固怀恩请他到内室喝酒，母亲也在座。仆固伯母席间数次责问骆奉先："你跟我儿子约为兄弟，却又跟辛云京亲近，简直是两面人。"——这是胡人"非友即敌"思考，逻辑有问题。

可是骆奉先只是个太监，学识不足，如果是考试任用的文官，就能理直气壮地回答："我奉旨而来，对所有朝廷官员必须一视同仁。"挨了骂，无能反驳，且因身处对方军营内，只能忍气吞声。

隔天刚好是端午节，仆固怀恩力邀骆奉先多留一天，可是骆奉先坚持要走，仆固怀恩叫人把骆奉先的马藏起来。

骆奉先对左右说："早上责备我两面人，现在又将我的马藏起来，莫非想要杀我？"于是一行人趁夜翻出城墙逃走。

仆固怀恩闻报，大惊，派人将马追送交还。

骆奉先回到长安，立即奏报"仆固怀恩谋反"；而仆固怀恩的奏章也到了长安，请求诛杀辛云京与骆奉先。代宗两边都不偏袒，分别对双方下诏，说好听话，要他们和解。如此做法实际上是回护辛、骆两人，因此仆固怀恩大为不满。

仆固怀恩在平定安史之乱的过程中,立下汗马功劳,一个家族为国牺牲四十六人,却仍屡被谗言诬陷。这次他怒气冲天,上疏措辞强硬:

"最近陛下征召几位将领入朝,他们全都拒绝不去,就因为恐惧宦官的谗口,深怕被不明不白地屠戮。并不是这些人不忠于陛下,只是因为奸邪在陛下身旁。我前后两次检举骆奉先的罪行,句句实言,可是陛下却不处理,就是因为他的同伙(太监)太多了,互相勾结,得以蒙蔽皇上的耳朵和眼睛。"

"朔方将士功劳最高,陛下却相信宦官的谗言,认定他们就要叛变。之前,郭子仪受到猜忌,如今我又受到诬陷。我打算进京向陛下当面报告,又恐将领们劝阻。请陛下特派一位使节,我愿跟他一同赴京面奏。"

这份奏疏没有被宦官拦截,因为它可以作为"仆固怀恩早有不臣之心"的佐证。皇上看到奏疏,派一位宰相裴遵庆前往仆固怀恩在汾州的大营。仆固怀恩见到裴遵庆,跪下,抱住他的双腿,哭诉实情。裴遵庆则暗示明劝,要他前往长安,亲自向皇帝诉说,仆固怀恩当场也同意了。

可是副帅范志诚警告:"大帅如果听信政客甜言蜜语,一旦去了长安,就回不来了。"

隔天,仆固怀恩向裴遵庆表明"怕死,所以不去"。裴遵庆空手而返。代宗又派检校刑部尚书颜真卿去慰问朔方行营(仆固怀恩的大营)。

之前，李豫流亡陕州时，颜真卿曾自告奋勇，请求去劝朔方节度使仆固怀恩入朝（意味着朔方军表态勤王）。李豫当时不允许，此时则以皇帝身份，命颜真卿前去说服仆固怀恩入朝。

颜真卿说："当年如果让我去宣他勤王，他来得理直气壮。如今陛下宣召他来，他并不能建立勤王之功，又不愿解除兵权，他怎么可能接受？事实上，始终紧咬仆固怀恩叛变的，只有辛云京、骆奉先、李抱玉、鱼朝恩四人而已。其他文武百官都认为他冤枉。若陛下命郭子仪接替仆固怀恩，用不着动干戈，就可以平息这一场灾难。"

可是，郭子仪功高震主，一直受到肃宗、代宗父子的猜忌，颜真卿的意见当时并未被接受，直到仆固怀恩无法承受压力，向太原主动发起攻击。

战报传到长安，代宗没有大将可派，只好请出郭子仪。郭子仪也不拿乔，立即动身前往河中（今山西永济市）。仆固怀恩的部属听到这个消息，私下相互传言："我们追随仆固怀恩做出违反大义之事，有何面目再见汾阳王！"（郭子仪的爵位是汾阳王）

叛军前线发生兵变，汉人将领白玉、焦晖袭杀仆固怀恩的儿子仆固玚。仆固怀恩在汾州得报，率亲兵三百人，奔回朔方。郭子仪抵达汾州，叛军全部向他投诚——仆固怀恩的军队多半来自朔方，郭子仪是朔方军的精神领袖，士卒看见老帅回营，个个涕泪横流。

这时消息传来，仆固怀恩引回纥与吐蕃军十万人，将攻击关中。代宗下诏命郭子仪率诸将赴奉天（今陕西乾县）坐镇，并召郭子仪到长安面谈。

代宗问郭子仪有何破敌计谋。

郭子仪说："仆固怀恩不能有什么作为。"

代宗问："你根据什么判断？"

郭子仪说："仆固怀恩作战勇猛，却不体恤部下，将士对他并不心悦诚服。朔方军都是我从前部属，绝不忍心对我拔刀，所以他不能有什么作为。"会谈后，郭子仪前往奉天。

郭子仪第一道命令，派儿子郭晞率士卒万人增援邠州。这是郭子仪的作风，将儿子派到最前线，以示绝不畏战贪生，稳定己方军心。仆固怀恩引回纥、吐蕃军推进到邠州，郭晞与守将白孝德紧闭城门坚守。朔方军与回纥、吐蕃听说是郭子仪的儿子，都不愿攻城，于是联军绕过邠州，进逼奉天。

奉天诸将请求出战，郭子仪不准，说："蛮虏深入我国境，最盼望速战速决，我们坚守壁垒，让他们认为我们畏怯，戒备自然松懈。到时候，才能将他们击破。如果立即迎战，稍有失利，军心势必离散。再有胆敢要求出击者，斩首！"

仆固怀恩与回纥、吐蕃联军果然中计，认为唐军怯战，于是在一个雾夜发动拂晓攻击，以为可以奇袭得手。不料，晨雾弥漫中，突然出现大军，大为惊骇，立即撤退。郭子仪派裨将李怀光率五千名骑兵在后面"捧"。联军一路溃退，经过邠州时，试图攻城，不克，再往西北奔逃。

隔年，仆固怀恩又联合回纥、吐蕃，这次再加上吐谷浑、党项、奴拉，共集结十万人大军，分三路进攻关中。可是仆固怀恩本人在中途得病，病死在鸣沙（今宁夏中宁县），朔方军内部分裂，吐蕃、党项等四处劫掠后，各自撤退。

郭子仪派出使节，劝说回纥，联合对付吐蕃。

回纥不信郭子仪会在第一线，说："郭令公真的在这里，可否亲眼一见？"

郭子仪只带几名骑兵出城，命人大声喊话："郭子仪来了！"

回纥军统帅药葛罗，是登里可汗的弟弟，手执弓、箭上弦，站在阵前。郭子仪脱下头盔、解下铠甲、扔下长枪，继续前进。

回纥诸酋长你看我、我看你，异口同声说："是他，没错！"一个个翻身下马，围绕郭子仪跪拜。

郭子仪也下马，握住药葛罗的手，责问："为何与仆固怀恩勾结？"

药葛罗说："仆固怀恩骗我们，说令公（郭子仪当时最高官衔是中书令）已经去世，我们才出兵的。如今令公亲率大军到此，我们岂会对令公开战？"

于是，郭子仪与药葛罗酹酒（把酒洒在地上）为誓，双方签订盟约。吐蕃军得到消息，趁夜遁走。药葛罗率回纥军追击，接连击败吐蕃军。

逼反仆固怀恩是唐朝朝廷的一大败笔，因为最后收拾安史之乱残局的，正是仆固怀恩。事实上，平叛的主力是朔方军，朔方军的两位大帅是郭子仪、李光弼，肃宗、代宗父子忌惮郭、李二人功劳太大（汉人将领功高震主），因此重用朔方军的胡人大将仆固怀恩。后来中央建立了自己相当精良的武力"神策军"，而神策军由宦官鱼朝恩统领，这才是宦官敢于欺凌蕃将的"后盾"。

杜甫有一首诗针对仆固怀恩，其中两句："殿前兵马破汝时，十月即为齑粉期。"殿前兵马指的就是神策军，而仆固怀恩当年九月病逝——杜甫的估计不差，可是诗人不能了解军人被逼反叛的怨气。

仆固怀恩之叛平定了，可是大唐朝廷的昏庸、腐败、无能，也被各地军阀看在眼里，渐渐轻视朝廷，其中态度最嚣张的是同华节度使（同州与华州都在今陕西，距离长安最近）周智光。

监军宦官张志斌经过同州，摆出钦差架子，责备周智光军纪败坏。周智光对他咆哮："仆固怀恩本来没有叛变，都是你们这些狗东西，逼他叛变。我也不想叛变，今天因为你而叛变。"叱令手下将张志斌拉下座位，斩首，尸体剁成肉酱，给将领、士卒一同吞食（叛变，大家都有份）。

周智光最嚣张的言论是："这里距长安一百八十里，我晚上睡觉时都不敢把脚伸太直，唯恐踹坏了长安城墙。所谓'挟天子以令诸侯'，只有我周智光办得到。"

终于，唐代宗无法忍受了，下密诏给郭子仪，讨伐周智光。

郭子仪派出大将浑瑊、李怀光，驻军渭水，周智光的部队闻知，军心瓦解。大将李汉惠率军开出同州，向郭子仪投降。周智光被牙将（中级军官）姚怀、李延俊诛杀，砍下人头，送去长安。

周智光只是一个没头脑的武夫，且当时郭子仪还在，所以能轻松解决。然而，唐代最跋扈的是河北诸镇，也就是安禄山的老地盘。之前为了策反安史将领，平定叛乱之后，将地盘仍然割给了他们。等到郭子仪、李光弼都不在了，藩镇乃愈益跋扈。

【原典精华】

（郭子仪）遂与数骑开门而出，使人传呼曰："令公来！"回纥大惊。其大帅合胡禄都督药葛罗，可汗之弟也，执弓注矢[1]立于阵前。子仪免胄释甲投枪[2]而进，回纥诸酋长相顾曰："是也！"皆下马罗拜。

——《资治通鉴·唐纪三十九》

①注矢：箭矢搭在弓弦上。
②免胄：摘下头盔。释甲：卸下护甲。投枪：扔掉长枪。都是表示无敌意的动作。

一九 河北诸镇

红线盗合

仆固怀恩先被逼反,再被剿灭,引起各藩镇的寒心,尤其是安史旧部的河北四镇。

所谓河北四镇,包括:昭义节度使薛嵩,治所在相州(今河南安阳市);卢龙节度使李怀仙,治所在幽州;魏博节度使田承嗣,治所在魏州;成德节度使张忠志(后改名李宝臣),治所在恒州(今河北正定县)。

薛嵩、李怀仙、田承嗣、张忠志都是安史降将,他们心知肚明,仆固怀恩是朝廷"剿贼功臣"尚且有此下场,何况自己是"贼人余孽"！自己的存在全靠武力支持，所以对扩充军队不遗余力。精锐健卒选为卫士，称"牙兵"；最精锐的蓄为"养子"，名称不一，这些军士只效忠主帅，心中没有国家。而藩帅之所以这么做，另一个原因是害怕被刺杀。

藩帅相互刺杀，最有名的一个故事是"红线盗合"。

河北四镇中，最嚣张的是田承嗣，兵力最弱的是薛嵩。薛嵩为求奥援，只好跟左近镇帅结亲，薛嵩的女儿嫁给田承嗣的儿子，薛嵩的儿子娶了滑亳节度使（治所滑州，今河南滑县）令狐彰的女儿。

田承嗣患了"热毒风"的病，每到热天就发作，因此经常自言自语："如果能够调到太行山的东边镇守，一定可以多活几年。"目标就是并吞薛嵩的地盘——如此一位亲家，比敌人还危险。

田承嗣在牙兵中挑选武艺高强的三千人，称之为"外宅男"——"男"就是儿子，亲生儿子在内宅，"外宅男"就是养子，他们的任务就是守卫内宅，每晚派三百人值班。

薛嵩知道这个亲家不怀好意，日夜忧闷，经常唉声叹气，却不知道怎么办才好。一天晚上，辕门已关，将要起更，薛嵩仍无法入睡，拄着手杖在庭心踱步，跟随在身边的是个名叫红线的婢女。

红线问主人为何心烦？

薛嵩叹了口气说："此事关系本州安危，不是你能管得了的。"

红线说:"我虽然地位低微,却自信能够替主人消愁解忧。"

于是薛嵩将情况告诉了红线。

红线说:"这件事不难处理,主人不必忧愁。请允许我走一趟魏州,此刻一更天动身,五更天就可以回来复命。请大人准备好一封问候信、一个官差、一匹快马,其他的事等我回来再说。"

薛嵩闻言,大吃一惊,说:"想不到你是位奇人,我居然都不知道!可是,万一事情弄僵了,会不会反而更加速致祸?"

红线说:"我此行必定成功,请主公放心。"

说完,红线回房整装,出来只见她头上梳个乌蛮髻,插一支金雀钗,身穿紫色绣花短袄,系一条青丝腰带,足下穿一双快靴,胸前挂一柄龙纹匕首,额上书写太乙神名,向薛嵩拜了两下,倏忽就不见了。

薛嵩回到书房,一个人喝酒等候。平时他酒量不过几杯,这夜却连喝数十杯不醉(紧张啊!)。忽然听到军营中破晓的号角声响起,又听到窗外有一片树叶飘落(紧张啊!)。却只见人影一闪,原来是红线回来了。

薛嵩执起她的手,问:"事情成功了吗?"

红线说:"不敢辱命。"

薛嵩:"没有杀伤人吧?"

红线:"不至于那样,我只带回田亲家翁床头一只'金合'

（用来装东西的有盖容器）而已。"

薛嵩询问经过情形。

红线描述："夜半子时前三刻到了魏州城，穿过好几重门岗，进入田亲家翁寝室，只听到外宅男鼾声如雷，看见士兵在庭心巡逻。我一直进到床帐跟前，田亲家翁睡得正熟，头靠犀皮枕，枕边露出一柄七星剑，剑的前面有一只打开的金合，金合里有纸写着他的生辰八字和北斗神的名字，上面覆盖着香料和珍珠。我从睡着的侍女们的头上，将簪子、耳环都拔下来，再把她们的短袄、长衣都系结在一起，她们如病如昏，没有一个人惊醒过来。我便取了金合回来。"

薛嵩听完，立刻修书，派人送去给田承嗣，说："昨夜有客人自魏州来，说他在田大帅的床头拿了一个金合。我不敢留下，恭敬地封起来，送还给您，望请收下。"

使者奔驰一整天，入夜才赶到魏州，敲开城门，请求接见。田承嗣很快就出来，拿到金合，胆战心惊，差点跌倒在地。

第二天，田承嗣派出使者，带了三万匹绢、三百匹名马，还有其他珍贵礼品，送给薛嵩。并且回信说："我的脑袋蒙您厚恩才得保留，从今以后，我会改过自新，不再自招灾祸，为您奉毂（车后随侍）挥鞭（车前驾御）。那些外宅男，已经让他们解甲归田了！"

消息传出，一两个月内，河北、河南各节度使纷纷派使者来与薛嵩修好。而红线在任务完成不久，就向薛嵩请求

"归山"。薛嵩设宴为红线饯行,席间节度从事(中高级的幕僚)冷朝阳作歌,薛嵩亲自唱歌送别。

送红线
冷朝阳

采菱歌怨木兰舟,送客魂销百尺楼。
还似洛妃乘雾去,碧天无际水空流。

冷朝阳其实就是《红线传》的作者,红线盗合是杜撰的故事,但可以体会冷朝阳身处薛嵩幕府的心情——多么期待能让田承嗣"胆战心惊,为薛嵩奉毂挥鞭"啊!

实际的发展却是,薛嵩死后,昭义军内部分裂,最后被田承嗣并吞,之后就只剩"河北三镇"了。

(二十) 泾原兵变

聂隐娘

田承嗣吞并了昭义军，唐代宗遣使奏问，田承嗣置之不理。代宗生气了，动员河北、河南九路节度使，加上淮西诸镇，会讨魏博。田承嗣一面分道抵御，一面上表请罪，再用计离间各路人马，造成成德军与幽州军互攻，诸镇围攻魏博不了了之。

平卢节度使（治所淄川，今山东淄博市）李正己掠得魏博一部分地盘，乃上表为田承嗣说项。唐代宗无心追究，只想息事宁人，乃诏复田承嗣官爵。但是如此姑息养奸作风，反而使得各藩帅愈发骄纵。

代宗驾崩，太子李适继位为唐德宗，在位第三个年号用"贞元"——口气很大，意在重建贞观与开元盛世。但事实上，他不但没能振衰起弊，且因本身不具实力却妄图削藩，而逼反诸镇，一度在朝廷之外，出现"四王""二帝"，他本人更狼狈逃出长安。

事情的起因，是几位藩帅相继去世，他们的子、侄自立为节度使。包括前文提及的田承嗣去世，其侄田悦继任；成德节度使李宝臣病卒，其子李惟岳自命为"留后"（代理节度使）要求朝廷任命，德宗不准。于是田悦与李正己联合李惟岳公然造反，但李正己不久即病卒，其子李纳干脆不理朝廷，任命自己为平卢节度使。

德宗闻变，决定大举讨伐，派李晟率领神策军进讨，并诏令各镇出兵，联合进剿。官兵剿乱初期成果辉煌，可是各镇打了胜仗后，都想要领有新地盘，德宗不准所请，由朝廷另派节度使，却逼反了几个原本支持朝廷的藩帅。

局势逆转，叛军击退政府军，四镇会盟，一齐称王：朱滔称冀王、田悦称魏王、王武俊称赵王、李纳称齐王，共推朱滔为盟主。

德宗征调驻防在西北的泾原（今甘肃泾川县与宁夏固原市一带）兵马，增援前线。这些边兵经过京师长安，原本满怀期待会得到朝廷赏赐，不料当时国库空虚，竟一无所给。负责供应军粮的京兆尹王翃，提供的食米中甚至掺有沙子，这下子军队哗然，开骂："吾等将赴战场效死，吃都吃不饱，如何以微躯拒白刃！听说宫中琼林、大盈两库充满金银布帛，我们何不取之，以图富贵！"

兵众鼓噪呐喊，回头攻向长安。长安城防措手不及，乱兵涌入，一片大乱，唐德宗仓皇逃往奉天（今陕西乾县）。

乱兵在长安城内找到一位老长官，曾任泾原节度使的太尉朱泚，朱泚正是叛军盟主朱滔的哥哥，当天就进入皇宫即位称帝，国号"秦"，后来又改为"汉"，并派出使节，封朱滔为皇太弟。

朱泚亲自领军攻打在奉天的唐德宗，不能取胜；在东方作战的李怀光、李晟率军西归勤王，朱泚不敌，退回长安。

唐德宗这时下了一道历史上著称的《罪己诏》，除了深自检讨（自责"朕实不君"），并赦免东方叛军（四王）。

罪己诏颁下后，王武俊、田悦、李纳三人主动取消王号，上表谢罪。只有中途加入叛军的淮西节度使李希烈不奉旨，反而在汴州称帝，国号"大楚"——这时候，天下有三个皇帝：大唐皇帝李适、大秦皇帝朱泚、大楚皇帝李希烈。

唐德宗宠信的权臣卢杞与李怀光不睦，使得李怀光一度跟朱泚联合。但朱泚与李怀光旋即翻脸，李怀光一怒而走，渡河袭据河中。

形势再度逆转，神策军李晟与浑瑊克复长安，朱泚逃走，被部将诛杀，人头献至长安，德宗也回到京城。不久之后，李怀光也兵败自杀。

唐德宗问宰相陆贽："东方之贼该怎么办？"

陆贽说："诸藩气夺势穷，必有内变，可以不战而屈。"

于是政府军采取稳扎稳打战略，下令四方州镇"合围封锁"，不积极迫进。果然，李希烈众叛亲离，被部将陈仙奇毒杀。

德宗回过神来，开始秋后算账。

在德宗流亡奉天期间，长安城内的士人有对朱泚谄媚拍马屁的，也有心向故主却不敢明言的。最忠烈的一位是太常少卿樊系之，他受命起草朱泚的即位册文，心里不想写，可是又不敢不写，怕连累亲族。结果他在写完以后，仰药自尽。

樊系之的朋友严巨川为此感慨作诗：

建中四年十月感事
严巨州

烟尘忽起犯中原，自古临危道贵存。

手持礼器空垂泪，心忆明君不敢言。

落日胡笳吟上苑，通宵虏将醉西园①。

传烽万里无师至，累代何人受汉恩。

当时有一位"风情女子"李季兰，上了很多诗给朱泚，全是阿谀之辞。德宗将她抓来，责备她说："你怎么不学学严

---

① 上苑：上林苑，西汉皇帝林园。西园：东汉皇家御花园。皆是以汉喻唐。

巨川的诗呢？"下令当庭扑杀。

这就是"有心振作"的唐德宗作风：没有实力却躁进惹来叛乱；平定叛乱却又姑息养奸；姑息藩帅却只会对弱女子开刀。于是乎，藩帅就更嚣张了。藩镇之间，为了抢地盘，派刺客行刺的事件，更屡有所闻。有一个唐人传奇（小说）以这一段时期为背景，那就是《聂隐娘》。

聂隐娘是魏博大将聂锋的女儿，十岁时被一个尼姑带走，五年后又被送回来。隐娘对父母述说这五年的经历：

"师父带我到一个大石穴，跟另外两个女孩一起学登山爬树，渐渐觉得身轻如风。一年后，用剑刺猿猴，百无一失；后来刺虎豹，也能割下它们的头取回。三年后，能飞，用剑刺鹰隼，绝不失误。天天练剑，师父最初给的一把二尺长的剑，已经消磨掉五寸。"

"第四年，可以大白天在大街上刺杀一个人（那个人恶贯满盈，死有余辜），没有任何人看见。第五年，师父叫我去刺杀一个残害人民的大官，我伏在他屋梁上，直到深夜才提着他的头回来。师父问：'为何这么迟？'我说：'那贼官跟一个孩子逗玩，孩子可爱，不忍心立即下手。'"

"师父后来为我打开脑后，将一支三寸羊角匕首藏在里面，不会受伤，要用时，一拍便可以取出来。然后送我回来，临别说：'我们二十年后方可再见一面。'"

聂锋听了这番话，很害怕。以后每到晚上，隐娘就不见了，到天亮才回来，聂锋也不敢过问。

隐娘后来自己选了一个男子当丈夫，而魏博节度使（小说没提姓名）也略闻聂隐娘有奇才异能，乃重金聘用他们夫妇为近侍。魏博节度使跟陈许节度使刘昌裔不和，教隐娘去取他的首级，隐娘便和丈夫一同前往许州（今河南许昌市）。

刘昌裔善占卜，算到聂隐娘要来，便吩咐手下一员将官，说："明天一早，你到城北去等候，看见一男一女分骑一白一黑两头驴子，你就上前对他们作揖，说我要见他们，专程派你去迎接。"

将官奉命前往，果然遇见两人。聂隐娘说："刘仆射（刘昌裔的最高官衔）真是奇人！我们愿意去见刘公。"

刘昌裔见到两人，隆重招待、厚加慰劳。隐娘一方面觉得不好意思，一方面明白刘昌裔比魏博节度使优秀，于是自请留下。

刘昌裔问她需要些什么。

隐娘说："每天两百文铜钱就够了。"

过了一个多月，隐娘对刘昌裔说："魏博大帅不肯罢休，一定会再派人来行刺。今天晚上，待我剪一绺头发，用一条红绸扎了，送去他的枕头边，以示我不回去了。"

四更天，聂隐娘回来，对刘昌裔说："信已经送去了，可是他怀恨在心，后天晚上他会派精精儿来杀我，并且要割您的头。到时候我自有办法杀他，请您放心。"刘昌裔豁然大度，没有显示害怕的样子。

到了那天晚上，节度府灯火通明。半夜之后，果然见到有两面幡旗，一红一白，在刘昌裔的窗户四周飘来荡去，好像在互相攻击。过了一会儿，只见半空中跌下一个人，脑袋和身子已经分家。聂隐娘也现出身形，说："精精儿已经被我杀死了。"她把尸体拖出外面，用药将之化为水，连毛发都不留。

隐娘说："后天晚上，魏帅还要派妙手空空儿来行刺，空空儿的本领神奇，我不是他的对手，只能看仆射的福气了。仆射可用于阗美玉圈住脖子，记得被子要盖住玉。我想要随侍近身而不被他发现，只有变成一只小飞虫，躲在您的肚肠里。除此之外，我也没有其他避祸方法。"

刘昌裔照她的话做，到了三更，仍睡不着，只听得脖子上叮当一声，非常响亮。这时，聂隐娘从刘昌裔口中跳出，向他贺喜道："仆射安了！此人自视奇高，一击不中，自觉羞耻，就此离去。他矫健如鹰，不到一个更次，已经飞到千里之外。"刘昌裔检视脖子上的玉，果然有匕首割过的痕迹，有好几分深。

《聂隐娘》的作者裴铏是晚唐士人，经历好几个藩镇幕府，因而能听到很多各镇之间的恩怨情仇，他的著作《传奇》流传久远，以至于书名竟成为唐人小说的代称。

至于真实的刘昌裔，因击败抗命的淮西节度使吴少诚，而受封为陈许节度使。可是他无意割据一方，后来交出地盘，到长安做京官。而吴少诚后来复叛，屡次击败招讨官兵，德宗一概采姑息安抚之策，河北诸镇见朝廷无能，又复骄肆。

二一 李锜与杜秋

劝君莫惜金缕衣

唐德宗有心重振朝廷威望,却落得逃难出京,他在位二十五年,藩镇反而更跋扈。他死后,继位的唐顺宗因病不能临朝,半年后就传位给太子李纯,是为唐宪宗。

唐宪宗用了几位宰相杜黄裳、裴度、武元衡都是强硬派。杜黄裳认为,国家如欲整顿纲纪,非以法度制裁藩镇不可,宪宗深以为然。

刚好,西川节度使(治所今四川成都)韦皋病卒,节度副使刘辟自称留后,上表求节钺(朝廷正式任命的信物)。宪宗评估情况，认为是大好机会，乃不准所请，并召刘辟入朝。果然，刘辟拒不应召，更发兵攻打东川节度使（治所今四川三台县）李康。宪宗于是派神策军使高崇文入川，八战八捷，俘虏刘辟，解往长安斩首。

紧接着，夏绥节度使（治所今陕西榆林市）韩全义入朝，自行发表他的外甥杨惠琳为留后。宪宗改派李演为节度使，杨惠琳竟勒兵拒命，宪宗乃命河东、天德两镇发兵讨伐，杨惠琳最终被其部将所杀，首级送到长安。

以上都发生在宪宗即位第一年，杨惠琳则在第二年伏诛。这两件事情下来，朝廷声威为之一振，然后就发生了李锜事件。

李锜是镇海军节度使（治所今江苏镇江市），祖先是唐高祖李渊的堂弟李神通，在唐朝开国期间战功彪炳。李锜本身有才干，兼以辖区富庶，兵力强盛，又恃祖先功劳及皇室近亲，素称骄纵。他的贴身卫队称为"挽硬随身"，个个能挽百石硬弓，且箭术精良；另有一支胡人劲旅称"蕃落健儿"，都唤李锜为"假父"。

有人上表检举李锜谋反，宪宗征询宰相们意见，李吉甫建议征召李锜入朝。李锜在长安的眼线飞报，于是李锜上表"自请入朝"，但这其实只是缓兵之计，李锜事实上迟迟不上道。宪宗起初批准李锜之请，见他没有诚意，于是三番遣使催促，李锜仍托病不行。

宪宗再问宰相意见，武元衡说："李锜自请入朝，已经批准,如果他可以说不来就不来,以后朝廷将如何节制四海?"

于是,宪宗下诏,发表李锜为宰相,要他即刻入京,另派节度使。这下子李锜起兵造反了。

李锜派手下三名兵马使张子良、李奉仙、田少卿,率三千兵马攻击宣州(今安徽宣城市)。三人看出李锜必败,于是倒戈相向,李锜的外甥裴行立与三将串通,作为内应。裴行立绑架李锜,将他裹起来缒下城墙,交给三将。李锜跟儿子以囚车送往长安,父子一齐腰斩处死。

李锜在解送途中,撕裂衣服,在布条上自诉冤情,教一名侍婢藏在内衣里,说:"我死了,你一定会被征收进皇宫。你若有机会,就拿布条给皇帝看,为我申冤。"

果然,宪宗后来看到了这份帛书,下诏准许京兆尹为李锜父子收葬。

李锜为什么那么有把握,那名侍婢会被征收入宫?因为那名侍婢歌艺了得,还会自己作词作曲,她叫杜秋,流传下来一首名诗:

金缕衣
杜秋娘

劝君莫惜金缕衣,劝君惜取少年时。
花开堪折直须折,莫待无花空折枝。

金缕衣指的是"金缕玉衣",古代尊贵的人死后,以金线编织玉板织成寿衣，穿在身上入葬。诗文意在劝人不要只顾追求地位、名声、财富，应该把握生命的精彩。否则等到"穿上金缕玉衣"，可就"无花空折枝"了，很可惜。李锜懂得欣赏杜秋的美貌、歌艺与文才，却未能体会诗中深意。

李锜伏诛后，朝廷声威更盛。同时，河北诸镇内部各自都发生了权力斗争，内部矛盾无法克服，觉得不如将权力交还朝廷。于是魏博节度使田弘正率先"归命"：请朝廷直接委署官吏。

这是一个重大的激励，好几位藩帅先后跟进。一时间，似乎朝廷又能号令四方了，史称这一段为"元和中兴"。

㈢㈡ 宰相遇刺

还君明珠双泪垂

前文述及，藩镇入朝其实是因为大家都打不动了，有默契地暂且休兵，对朝廷则是态度上维持恭顺，实质上仍然是割据局面。全国四十八个藩镇，十五镇完全不向朝廷申报户口（也就是不纳贡），只有八镇照规矩纳贡入赋，其余虽纳贡，但不能维持正常。

最跋扈嚣张的是淄青（即前文所说平卢）节度使李师道。原淄青节度使李师古病逝，部下将校拥立他的异母弟李师道为留后，当时朝廷正在讨伐西川（刘辟），无力顾及东方，只好发表李师道为节度使，避免两头生事。

之后成德节度使王士真去世，其子王承宗自立为留后，想要援李师道之例。宪宗不准，征召河北、河南诸镇讨伐王承宗，打得各镇师老兵疲，王承宗于是上表归命。而始终未入朝的李师道，因此充满不安全感。

之后朝廷讨伐淮西（过程详情下章叙述），调动十六镇兵力，却独漏淄青。

在此之前，李师道曾数次上表请朝廷赦免淮西节度使吴元济，如今大军集结河南，一旦平定淮西，恐怕对淄青不利。于是李师道派大将领兵三千，开往寿春（今安徽寿县），声称支援官军作战，其实是防卫淄青。

李师道蓄养了数十位江湖豪杰，这些人向他献策："用兵所急，莫先于粮草。如今江淮储粮都屯在河阴，何不派出突击队去烧粮仓？另外招募无业游民与恶少、劫掠东京洛阳、焚烧宫阙。让朝廷忙于抢救心腹重地，亦可视为支援淮西的奇兵。"

李师道采纳了这个奇计，招募流氓、盗贼，烧粮仓、劫都市，再收买长安的官员、士人，上书请求"停止征伐，与民生息"。

可是宪宗不同意，因为此时朝廷内主战派当道，以两位宰相：武元衡和裴度为核心，武元衡并主持对淮西的军政大局。

李师道的江湖门客再提建议："天子之所以坚持征伐淮西，

全都因为武元衡，何不派出刺客前往京师，刺杀武元衡。武元衡一死，其他人必定为之胆寒，就会劝皇帝罢兵。"李师道认为此计甚佳，重金悬赏，激励刺客出任务。

长安城的某一天清晨，天色未明。宰相武元衡上朝途中，刺客突然出现，向车队射箭攻击，武元衡的随从一下子跑光。刺客抓住武元衡的坐骑，拖行十余步，杀了武元衡，更割下头颅逃逸。

另一位宰相裴度同时遇袭，飞刀射伤了裴度的头部，裴度从马上跌落，坠入道旁沟中，幸亏裴度的毡帽很厚，逃过一死。裴度的一位随从王义自后方抱住刺客，并大声呼喊，刺客斩断王义的手臂，扬长而去。

史书上少见如此逼真的描述，显然是引用目击者的笔录。无论如何，堂堂宰相竟然在京师大街上遭刺杀，长安城因此而沸腾。宪宗下诏，宰相出入都由金吾骑士（皇宫侍卫）随扈，而且张满弓、剑露刃。大官们因此不敢在破晓前出门，甚至有时候皇帝上朝许久，朝班仍未到齐。

刺客甚至在中央、地方衙门留字条："别急着追捕我，否则我先杀你！"因此追捕者只敢虚应故事。

兵部侍郎许孟容看如此情形太不像话，于是上书："自古未有宰相横尸路边，而凶手却抓不到的，这是朝廷的耻辱。"更跑到中书省（宫廷秘书处）流涕请求："请起用裴度为宰相（当时养病中），全面搜索贼党，并揪出幕后黑手！"

于是宪宗下诏，全面搜捕凶手与贼党，抓到正犯的，赏钱万缗，官居五品；胆敢庇护藏匿者，诛全族。长安城因此被"翻"了一遍，达官贵人家中，墙壁有夹层、屋子有阁楼的，都被撬开。

这件超级大案最后以"顶罪"收场：经人"密告"，捕得八个"凶手"，全部"认罪"，并指称是成德节度使王承宗派来的，就此结案。一直到田弘正入朝（前章述及），才说是李师道干的。

那时候，淮西已经讨平，王承宗与李师道都奉表纳贡，却又反悔。朝廷派李逊去接收李师道"自愿削减"的三个州（原有十二州），李师道却将军队"列阵迎接"。李逊只好回到长安，向皇帝报告："李师道反复无常，必须用兵。"

宪宗再发动诸镇联军讨伐李师道。李师道起初还能挺住，后来部将叛降、军士动辄哗变要赏，各镇军阀趁机蚕食他的地盘。李师道忧悸成疾，终于病死，脑袋被部将割下来，送给田弘正。

抗命长达五十四年的淄青被朝廷"收复"，不但各节度使纷纷入朝，甚至各镇兵马改由朝廷派任的刺史领率，这是"元和中兴"的最高潮。

李师道气焰最高的时候，除了地盘上兵强马壮，更不惜花钱收买京师士人，其中一位是诗人张籍。张籍有一首脍炙人口的《节妇吟》：

节妇吟

张籍

君知妾有夫,赠妾双明珠。
感君缠绵意,系在红罗襦①。
妾家高楼连苑起,良人执戟明光②里。
知君用心如日月,事夫誓拟同生死。
还君明珠双泪垂,恨不相逢未嫁时!

这首诗但看字面意思,似乎只是一位已婚妇女拒绝追求者。可是作者张籍在诗题下注解:"寄东平李司空师道",司空是李师道的最高官衔,可以想见,一位诗人处在武人跋扈的环境下,连拒绝收买都得如此婉转曲折,真是苦啊!

事实上,张籍跟韩愈是好朋友,与韩愈同为裴度幕僚,自不可能接受李师道馈赠。而裴度总绾征伐淮西,正是下章故事。

---

① 罗襦:质地细密的丝衫。
② 明光:明光殿,汉朝未央官四殿之一。本句意思是"忠心于皇帝"。

【原典精华】

天未明,元衡入朝,出所居靖安坊东门。有贼自暗中突出射之,从者皆散走。贼执元衡马行十余步而杀之,取其颅骨而去。又入通化坊击裴度,伤其首,坠沟中,度毡帽厚,得不死;傔人[1]王义自后抱贼大呼,贼断义臂而去。

——《资治通鉴·唐纪五十五》

① 傔（qiàn）人：随从。

二三 雪夜入蔡州

四夷闻风失匕箸

淮西节度使原本是吴少诚,病卒,部将吴少阳杀其子吴元庆,自立为留后。当时朝廷正对河北用兵,无暇顾及淮西,只得暂时忍耐,发表吴少阳为节度使。吴少阳的节度使只当了五年,病卒,其子吴元济隐匿消息,自领全部军务。

吴元济的大僚、大将都劝他"入朝",以取得正式诏命,吴元济将他们杀的杀、囚的囚。同时,吴少阳的死讯也传到长安,朝廷决定讨伐淮西,于是先进行政治作战,使出两面手法:一面遣使吊丧(表示知道吴少阳死了),同时加赠吴元济官衔。吴元济不是傻子，看懂了朝廷在耍什么手段，非但不派兵迎接敕使入境，更发兵劫掠敕使途经各县。使者没办法进入淮西，只好回长安报告。

唐宪宗震怒，诏令十六镇发兵讨伐，然后就发生了前章的宰相被刺事件。

宰相裴度遇刺没死，居家养伤，宪宗命执金吾（皇宫宿卫）守卫他的官邸。有人建议将裴度免职，"以安藩镇之心"。宪宗大怒，说："如果裴度下台，是奸人阴谋得逞，朝廷从此再无纲纪可言。我只要重用裴度，就能破二贼之胆。"（二贼指的是吴元济、王承宗，当时还以为刺客是王承宗派出。）

裴度伤愈，宪宗任命他为首席宰相（之前是二级宰相），召见他，征询淮西对策。

裴度说："淮西是腹心之疾，不能不除。而且朝廷既然已经下令讨伐，河北、河南诸藩镇都睁大眼睛在看，这是朝廷态度的指标，不可中止。"宪宗听了，正合我意，于是将讨伐淮西的调度大权，完全委托裴度。

在此之前，讨伐淮西的前线督军大任交给山南东道节度使（治所在今湖北襄阳市）严绶，可是严绶不会打仗，只会打开仓库，犒赏军队。徒拥八州之众，却好几年"无尺寸之功"，被裴度痛批。于是调回严绶，由裴度直接指挥。

裴度将山南东道分成两镇，其中一镇交给李愬。

李愬去到前线唐州（今河南泌阳县），军队完全没有士气，士卒个个都畏战。李愬先安众心，说："天子知道我个性柔懦，能忍受羞辱（战败之耻），所以派我来慰问大家。至于上阵进攻的事情，不是我的任务。"于是士卒心安，军心大定。

李愬亲自巡视各军营，关心士卒的寝食，慰问士卒伤病者。有人提醒他，应该整肃军纪，李愬说："我不是不懂，而是之前袁滋（督导唐州军事）以低姿态维持和平，贼人（指淮西）都轻视他。我刚到，对方会加强戒备，我是故意不整肃军纪，等到贼人以为我怯懦，而疏于戒备，那时候才可以采取行动。"

果然，淮西方面放松了戒备。李愬心知唐州军队已经是丧胆之师，无法打仗，于是请求另外派兵支援。裴度拨给他昭义、河中、鄜坊（三镇皆久战之师）的步骑兵二千人。

北方来的生力军，在巡逻时俘获吴元济的斥候军官丁士良。丁士良是一员骁将，曾经一再击败唐州军队，因此士众要求挖他的心。李愬要试丁士良的胆，先准许士卒"挖心"，再召见丁士良——如果丁士良胆怯了，李愬可以从他那里得到情报。可是丁士良表现得毫无惧色，于是李愬改采不同手法。

李愬满口夸赞："真是大丈夫啊!"下令解开丁士良身上的缚绳。

丁士良说："我原本也不是淮西军官，而属于安州（今湖北安陆县）军队，被吴少阳俘虏，自以为死定了，可是他没杀我，反而重用我。我因吴氏而再生，所以为吴氏父子卖力。

昨天打败了，被将军俘虏，也自以为死定了，现在将军又不杀我，我愿意为你效命。"

丁士良自告奋勇："敌将吴秀琳据守文城栅，那里是吴元济大本营蔡州外围的犄角，吴秀琳的谋主（最重要智囊）是陈光洽。陈光洽勇敢但轻敌，喜欢自己带兵出战，我请求先擒陈光洽，则吴秀琳自然投降。"十一天后，丁士良生擒陈光洽回营。于是李愬将大营向文城栅推进，吴秀琳果然表示愿意献出文城栅投降。

李愬大军进到距文城栅五里的地方，派唐州刺史李进诚率领八千甲士到城下，召唤吴秀琳。城上矢石如雨而下，无法接近。

李进诚回报："贼人是诈降，不可信。"

李愬说："不，诈降不会大老远放箭。他是在等我亲自去。"于是亲身前进到城下。吴秀琳出城，在李愬马足之前下跪；李愬下马，抚着他的背表示慰劳。

这次行动，有二千人投降，唐州、邓州军队为之士气复振。淮西军队陆续有人来投降，李愬派人一一做身家调查，家中有父母的，都发给粮食、布匹，令他们回家。于是，回家的感激涕零，在军的愿意效死。

李愬的军队步步为营，向前推进，先在郾城（今河南漯河市）打了一场重要胜仗，至此各镇军队对蔡州已经形成包围之势。可是蔡州城内兵多粮足，很难攻克。

李愬征询吴秀琳的意见，吴秀琳说："将军想要拿下蔡州，非李祐不可。"

李祐，是淮西骑兵将领，作战勇猛，屡次击败官军。某日，斥候来报，"李祐带兵到张柴村收割麦子。"李愬命一位中级军官史用诚："你带三百骑兵到树林中，派人在前招摇旗帜，摆出要烧他麦子的姿态。李祐一向轻敌，必定轻骑来驱逐，你就发动埋伏，务必生擒他。"果然，史用诚生擒李祐回营。唐州将士见生擒仇人，极力要求杀李祐，李愬都不许，并亲自为他解缚，极力笼络。

李愬经常在夜里单独召见李祐密谈，诸将担心李祐会有什么不测之举，纷纷劝谏，甚至有谍报说："李祐是贼人内应。"

一天晚上，李愬拉着李祐的手，流着泪说："难道老天不希望我平定此贼（指吴元济）吗？为什么我俩倾心相交，却不能杜众人之口呢？"

接着李愬导演了一场戏。他公开对诸将说："既然大家怀疑李祐，就将他送给天子处置。"然后将李祐加上刑具，送去长安，却同时以密件上奏真实情况，直陈："如果杀了李祐，将难以攻克蔡州。"于是，宪宗下诏释放李祐，送他回到淮西前线。李愬做出狂喜表情，拉着李祐的手："你没事，真是神灵庇佑，国家之福啊！"任命他为散兵马使（节度使辖下的一级指挥官，但不统领部队），配刀巡视各营，并得出入主将营帐。晚上两人同宿一帐，整晚密语到天亮，有人在帐外窃听，常听到李祐感激的哭泣声。

可是，蔡州仍然防守得像一个铁桶。讨伐军来自九个藩镇，四年攻不下来，辖区内牛马都去运输军粮，人民只能用驴子耕田，各镇师老民疲。

宪宗问宰相们的意见，多数都主张停战，只有裴度不说话。宪宗问他意见，裴度说："我自请前往督战。"

三天后，宪宗再问裴度："你真的肯为朕走一趟吗？"

裴度说："以我的观察，吴元济已经势穷力蹙，可是前线诸将却心志不一（各怀打算），以致未能并力施压，吴元济才能撑到今天。如果我（宰相）亲自去到前线，诸将怕我抢他们的功劳，一定争相前进破贼！"

宪宗闻言大悦，任命裴度为彰义节度使，事实上那是淮西节度使另外一个名称，意味着：吴元济一旦投降，地盘将是裴度的。这一招大有用，裴度驻扎郾城，各军都整军蓄势待发。

最用力的当然还是李愬。

李祐建议李愬："蔡州精兵大半驻守洄曲险要，其他分派外围城池，州城内其实只有老弱兵卒。可以奇兵突袭州城，等贼将得到情报，吴元济已经就擒了。"

李愬同意，派人将计划向裴度报告。

裴度说："军事非出奇不胜，这是一个好计划。"

九天后，大雪。李愬命史旻留守文城栅，命李祐率三千人为先锋，自己领三千人为中军，李进诚领三千人殿后。

军队请示"往哪去"，李愬下令："不许多问，就往东方前进。"

人马推进六十里,天色已黑,进入张柴村,将守卫与烽子(负责举烽火的士卒)杀光。部队暂时休息进食,留五百人防守寨栅及诸桥梁,以断洄曲军队来援。

然后李愬下令诸军出栅门。

诸将问:"去哪里?"

李愬说:"入蔡州城,擒吴元济!"

诸将一个个大惊失色。监军宦官哭着说:"果然落入李祐的奸计!"

当时大风雪,旌旗都冻裂,人马冻死的也不少,那段路是官军从来没到过的,人人都以为"这下死定了",可是没有人敢违抗命令(开小差也是冻死一途)。

就这样,大军走了七十里,到蔡州城下。附近有个鹅鸭池,李愬命人追击鹅鸭,让畜生的鸣叫声掩护大军。

蔡州城果如李祐所言,几乎没有防备(因为已经有三十二年无战事)。李祐抢先登上城楼,尽杀守城军士,却留击柝(打更)人员,命令他击柝如常。

就这样,蔡州城门大开,李愬大军入城。

直到破晓鸡鸣,雪停,吴元济被叫醒,说:"官军进城了。"起初他还不信,后来才带着侍卫,登牙城(主帅居住的内卫小城)抵抗。然而,大势已去,吴元济只好在城上请罪,李进诚架梯子让他下来,装在槛车里,送往长安处斩。

当时,淮西还有精兵万余在洄曲,将领是董重质。李愬入城后，首先"造访"董重质的家，安抚董家人情绪，然后教董重质的儿子董传道带书信去洄曲，于是董重质单骑请降。李愬对蔡州军民，不杀一人，所有军、政人员都复原职，蔡州人心大定。这时，才派人去请裴度到蔡州。

诗人刘禹锡做了三首诗歌颂此役，兹录其中一首：

平蔡州三首之一
刘禹锡

九衢车马浑浑流，使臣来献淮西囚。
四夷闻风失匕箸，天子受贺登高楼。
妖童①擢发不足数，血污城西一抔土。
南峰无火楚泽②间，夜行不锁穆陵关③。
策勋礼毕天下泰，猛士按剑看恒山④。

诗中所称"四夷闻风失匕箸"，说的是韩愈对裴度的建议。

裴度出征时，带着韩愈同行，职位是行军司马。淮西平定后，一位平民知识分子柏耆，向韩愈献策："吴元济就擒，

---

① 妖童：指吴元济，三十二岁造反，死时才三十五岁。
② 楚泽：楚地在今湖北，古时为云梦大泽。
③ 穆陵关：位于今山东临沂市，古长城要隘。
④ 恒山：五岳中的北岳，在今山西。楚泽无火、穆陵关不锁、猛士按剑都是形容四方太平。

王承宗必定为之破胆，我愿得裴宰相一封信，前往游说王承宗。"

韩愈向裴度报告，裴度就写了一封信，交给柏耆去游说成德节度使王承宗。结果，王承宗交还德、棣二州，幽州刘总也向朝廷输诚——藩帅闻风丧胆。"失匕箸"是借用曹操与刘备"煮酒论英雄"典故，指惊到手中筷子都跌落！

可是，诗中那句"策勋礼毕天下泰"却不尽然。元和中兴使得藩镇一时顺服，可是朝中那些文人，一旦四方无战事，就开始拉帮结派，党同伐异，争权夺利。

平定淮西的论功行赏，也成了党争的题目，而且还是韩愈引起的。

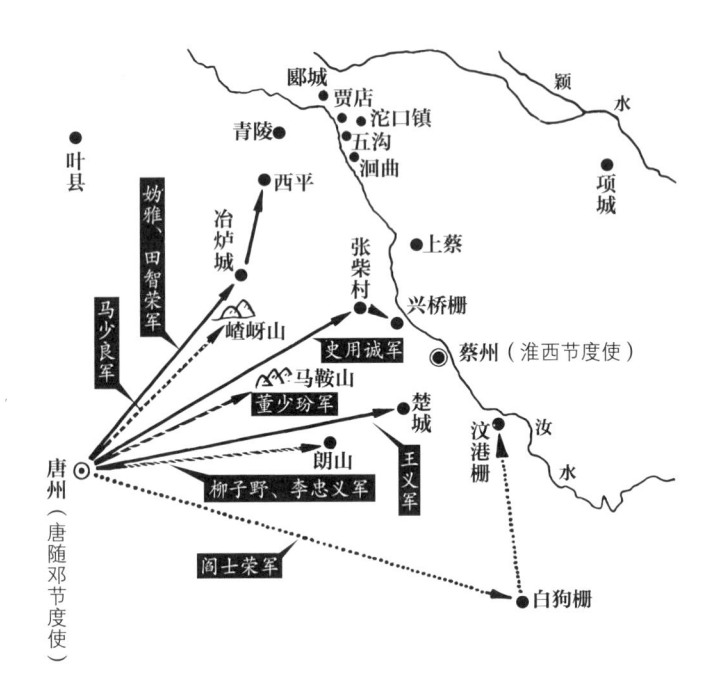

△诸镇围攻淮西

【原典精华】

复夜引兵出门,诸将请所之,愬曰:"入蔡州取吴元济!"诸将皆失色。监军哭曰:"果落李祐奸计!"

——《资治通鉴·唐纪五十六》

二四 碑文惹风波

雪拥蓝关马不前

平淮西的统帅是裴度,雪夜奇袭蔡州、生擒吴元济的李愬应居首功。大军凯旋,宪宗命随军出征的韩愈撰文,立一座"平淮西碑"。

韩愈在碑文中大力捧抬裴度,可是对李愬却只着墨寥寥数语。李愬的部将都为此愤愤不平,一位将领石孝忠骑马将石碑拉倒,还用重锤将石碑打碎,甚至还打死了前来阻止的官吏。

石孝忠闯了祸,自动投案,他上表宪宗:"李愬本人没有一句怨言，但若不幸再出一个吴元济，韬略才能如李愬的将领，还有人肯为陛下效命吗？"李愬的妻子是宪宗的表妹（姑妈的女儿，封唐安公主），也当面向皇帝表哥诉冤。

宪宗于是下诏，将碑文磨去，指定翰林学士段文昌另撰一文，刻上石碑，重新树起。这场风波当时算是平息了，可是文人相轻，再加上党同伐异，以致余波荡漾。

韩愈是当时古文运动泰斗，他用散文体写碑文，而段文昌则用四六骈体写碑文。因而文人之间口耳相传，将段文昌的文章评得一文不值。甚至到北宋苏东坡还有诗句："千古残碑人脍炙，不知世有段文昌。"清朝人更贬抑段文昌的文章是"蛙鸣蝉噪"[1]。

段文昌对此当然衔恨在心，可是裴度圣眷正隆，只能忍气吞声。直到隔年，宪宗任命两位新的宰相皇甫镈、程异，此二人联手排挤裴度，必先"翦其羽翼"，而头号目标就是裴度的文胆韩愈，偏偏韩愈此时又惹毛了皇帝。

唐宪宗笃信佛教，下诏迎接佛骨舍利（藏在长安法门寺地宫）入宫奉养。由于每次迎、送佛骨都排场盛大，耗费巨万，而当时为了四方用兵，朝廷财政拮据，韩愈因此上表劝谏。问题出在他的表文中，有一句"佛乃夷狄之人"，这句话却触及唐朝李姓皇室最大的忌讳——自李渊开始，皇室就强

---

[1] 清代储欣评韩愈《平淮西碑》："段文昌以骈四俪六蛙鸣鹧叫之音，易钧天之奏，真不识人间有廉耻事。"

调自家是老子李耳的后代,以淡化李氏其实有超过一半的胡人血统。

宪宗为此发怒,段文昌乃借机火上加油,皇甫镈接着见缝插针,于是韩愈诏贬为潮州(今广东潮州市)刺史。

韩愈由长安往南行,穿越秦岭山脉,时值农历正月,寒风大雪,马不能行,荒山野地只见白茫茫一片。韩愈饥寒交迫,正在万念俱灰之时,忽有一人"扫雪而来",一看居然是他的侄孙韩湘。

叔公问侄孙:"这是什么地方?"

韩湘说:"这里就是'蓝关',您还记得那朵花上的两句诗吗?"

韩愈想起来了。

有一年,大旱,韩愈奉旨到南坛祈雨雪,可是行祀多次,天不降雨雪。正恐无法交差,听说有一个道士在大街上扬言,能祈得天降大雪。韩愈赶紧派人去请,来了才发现是自己的侄孙韩湘,还曾经因为好修道不爱读书,被自己斥责为不务正业。但既然来了,就让他试试。

于是韩湘登坛作法,不多久,天降鹅毛大雪,积雪三寸方停。

不久后,韩愈过生日,冠盖云集,韩湘翩然而至。韩愈在席间考校侄孙,要他即席作诗,韩湘吟诗自诩"能开顷刻花",并且现场表演:聚土成堆,顷刻间土中冒芽生叶,开出一朵牡丹般大的碧花,花上还有两行金字:"云横秦岭家何在？雪拥蓝关马不前。"

韩愈问那两句是什么意思。

韩湘说："天机不可泄露，日后自会应验。"说完，飘然而去。

叔侄二人在蓝关相遇时，韩湘已经得道，也就是八仙中的韩湘子。他为韩愈在大雪中开路，找到投宿的地方。韩愈感慨万千，对韩湘子说："既然有此定数，我将你那两句补齐全诗。"

左迁至蓝关示侄孙湘
韩愈
一封朝奏九重天，夕贬潮阳路八千。
欲为圣明除弊事，肯将衰朽惜残年！
云横秦岭家何在？雪拥蓝关马不前。
知汝远来应有意，好收吾骨瘴江边。

韩愈后来并没有劳动韩湘子到潮州为他"收骨"，他在潮州政声不错，并亲自上表陈述委屈，裴度当然为他讲好话，因而宪宗一度有意召回韩愈。可是皇甫镈岂能让"裴党"得逞？他对皇帝说："韩愈终究过于狂放粗疏，还是调任他州，磨一磨他的性子。"于是韩愈调任袁州（今江西宜春市）刺史。

这个过程中，裴度外放河东节度使，皇甫镈拉他的同年

（同榜及第进士）令狐楚为宰相。隔年，宪宗驾崩，太子李恒（穆宗）继位。同年，皇甫镈被贬为崖州（今海南）司户，那年十二月就死了，而韩愈则被召回长安，任命为兵部侍郎。

一代文豪处在如此一个纷乱年代，军阀、政客、宦官大玩他们的权力游戏，文学家处身权力场中，身不由己，只能随之浮沉，虽有才能却常叹"雪拥蓝关马不前"，难以施展。

有名的"牛李党争"就从唐穆宗元年开始，前面提及的段文昌、裴度、令狐楚等人，都不免被卷入党争。好的是，韩愈调回长安后，第四年病逝于家中，后来的朝廷党争，他都没有被卷入。

第三篇 牛李党争

去河北贼易，去朝廷朋党难

那一年,元稹由浙东观察使受征召入朝为尚书左丞,经过洛阳,白居易当时在洛阳担任一个闲散官,两人相逢唱酬,诗作却一语成谶,从此未能再相见。

二五 临江之麋 柳宗元

江流曲似九回肠

藩镇跋扈是大唐帝国由盛转衰,终至灭亡的"致命外伤",至于帝国中央政府内部,另有一个"内伤",就是党争。唐代党争两派代表人物分别为牛僧孺与李德裕,因此后世称之为"牛李党争"。

牛李党争持续四十年,那一段时间的士大夫,几乎都不免被卷入。原因无他,当两党壁垒分别时,人在官场,就没有不表态的自由,否则就会被孤立。间或有一两人实际上并未涉入,却因为遭到来自双方的排挤,其遭遇甚至更倒霉。

这类人当中，刘禹锡是一个，柳宗元是另一个。

柳宗元与刘禹锡在官场出道很早，在短命皇帝唐顺宗李诵时，一度进入权力核心，一群改革派也做出了不少改革，史称"永贞革新"。可是那些改革却坏了宦官的财路，唐宪宗继位后，就将八个核心人物通通贬放外州为司马，时人称之为"八司马"。

柳宗元被贬去永州，有名的"永州八记"就是那时候的作品，他在永州还写了几则寓言，其中最为人熟知的是《黔之驴》（成语"黔驴技穷"的典故），而最能反映柳宗元心情的则是《临江之麋》。

临江地区的猎户，猎杀了一只母麋，将它的幼麋带回畜养。一进家门，猎户家中的猎犬看见"鲜肉"来了，一只只垂涎摇尾而来，猎户将它们赶开。养了三年，猎犬畏惧主人，对着幼麋只敢暗吞口水；幼麋却以为，群犬与它旦夕嬉戏，是天生的好朋友。终于有一天，长大的麋走出家门，看见街上其他猎户家的犬，就上前想要跟它们嬉戏。那些猎犬见到麋，一拥而上，分而食之——那只麋"至死不悟"！

柳宗元自况为"不知政治险恶的麋"，事实上也是"至死不悟"。十年后，他们一伙被召回长安，却因为刘禹锡作诗得罪当道，又通通再贬放外州。这一次，柳宗元到了柳州（今广西柳州市）当刺史，他写了一首诗寄给另外四位刺史：

登柳州城楼寄漳汀封连四州刺史

柳宗元

城上高楼接大荒,海天愁思正茫茫。
惊风乱飐①芙蓉水,密雨斜侵薜荔②墙。
岭树重遮千里目,江流曲似九回肠。
共来百越文身地,犹自音书滞一乡。

五位"同党"分别贬到福建、广东、广西,对这些士人来说都是蛮荒之地,所以用"百越文身地"统称。而诗中"江流曲似九回肠",则是引用《史记》作者司马迁的典故。司马迁触怒汉武帝,为了完成《史记》,甘愿接受宫刑,他后来写信给好朋友任安,述说忍辱负重的滋味是"肠一日而九回"——肠内整天绞痛,但外人却难以体会。

柳宗元是唐宋八大家之一,同为文学家受政治迫害,他看到城外江水蜿蜒曲折,于是体会司马迁"肠一日而九回"的痛苦——那正是党争最坏的影响:再好的人才,只要不是同党,就必然"以人废言"。这样的结果是什么?是人才不能为国所用,甚至受迫害颠沛流离,柳宗元只是众多人才中的一个而已。

人才随党争而浮沉,政策因党争而数易,朝政原地打转,

---

① 飐:zhǎn,风吹浪动。
② 薜荔:薜音"bì"。薜荔是一种常绿蔓茎灌木,与"爱玉"同种,但爱玉多见于低海拔,薜荔多在中海拔。

外放的官员一心只想回京,地方行政为之荒废,所造成最直接的后果就是税收大减,中央更无力对付藩镇。

唐文宗李昂(宪宗的孙子)为之喟叹:"朝廷的党争,比河北的藩镇更难去除!"

牛、李两党相互排挤,彼此都称对方为"小人",称自己为"君子"。事实上,两党的主事者基本上都不是小人,可是朋党中却多得是小人,读者看下去就明白了。

【原典精华】

时德裕、宗闵各有朋党,互相挤援[1]。上患之,每叹曰:"去河北贼易,去朝廷朋党难!"

——《资治通鉴·唐纪六十一》

①挤援:异己则排挤之,同党则援引之。

二六 元稹身不由主

曾经沧海难为水

　　唐穆宗喜欢文学、书法。他将书法家柳公权由夏州（今陕西靖边县），调回长安任翰林学士，在一次召见时，穆宗问柳公权："你的书法怎么写得那么好？"

　　柳公权回答："用笔如用心，心正则笔正。"穆宗知道他是以书法为喻，表达谏诤，脸上露出敬意。

　　唐穆宗喜欢的诗人是元稹，他将元稹调升为祠部郎中，后来再调翰林学士，与前文述及的段文昌，及另一位名诗人李绅（名句"谁知盘中餐，粒粒皆辛苦"的作者）为同事，彼此感情很好。

穆宗即位的第一次贡举（全国性入仕资格考试），主考官是杨汝士、钱徽，段文昌与李绅都私下写信给钱徽，推荐自己的学生、子弟，可是榜单一贴出来，两人请托的考生通通没有录取。而进士及第者，好几人是其他大官的子弟，如谏议大夫郑覃的弟弟、裴度的儿子、中书舍人李宗闵的女婿，甚至包括主考官杨汝士的亲弟弟，引起极大反弹。

于是段文昌向皇帝报告："今年礼部大考，非常不公平，录取的都是权贵子弟，没有才艺，只靠打通关节！"

唐穆宗问其他翰林学士对此事意见，元稹、李绅、李德裕都说："确实如段文昌所言。"穆宗于是下诏换一组考官重考，并将杨汝士、钱徽、郑朗、李宗闵等十人流放外州。

这一场考试有没有不公？有。这些人该不该受处分？该。问题在于，那些告状的，其实自己也不清白！于是有人怂恿钱徽，将段文昌、李绅等人的请托信件上呈，皇帝就能了解实际情形。

钱徽不同意这么做，说："只要问心无愧，得失又算什么，怎么可以公布别人的私函？这岂是士君子应有的作为！"将所有请托信通通拿出来，一把火烧了。这件事得到当时人们的称赞。

所谓"人们"，指的是士人圈子。隋唐虽说对魏晋南北朝的"九品中正"做了改革，代之以科举，可是士人之间相互标榜、请托的风气却不能完全革除。而钱徽如此作为，其实是士人圈子"内丑不外扬"的示范，以今天社会标准，实不足取。

事实上，钱徽不记仇，其他人却记仇。这起事件被视为"牛李党争"的始因，此后四十年间，两党倾轧就没有停过。

所谓牛李党争的"牛""李"，是说两党的核心人物：牛僧孺与李德裕。前述事件中，牛僧孺并未涉入，而李德裕也并未请托，但因为涉及李宗闵，李德裕乃借机落井下石"报父仇"。

李德裕的父亲李吉甫，在唐宪宗时担任宰相，是"元和中兴"的核心人物之一，与裴度同为强硬派。李吉甫对后世最大的贡献，是编纂了一本《元和郡县图志》，为现存最古老的一本方志地理著作，详细记录了大唐帝国十个道，所有府、州、县的沿革历史与地理资料，且都附有地图。

如此一位有才、有能的宰相，却被几位当时的青年才俊抨击"为权幸撑腰"。所谓"权幸"，指的是宦官；几位青年才俊包括李宗闵、牛僧孺与皇甫湜。当时唐宪宗下诏策试"贤良方正"（策试，就是考对策，应试者各自提出对时政的针砭与建言），牛僧孺、李宗闵和皇甫湜都"直言无所避"，主考官杨於陵、韦贯之将他们判为"上第"（第一等），宪宗更下诏嘉勉，要中书省优先调升。

李吉甫对这些不识相的少年很不满意，有一次在皇帝面前诉说冤情（受年轻人苛责），说得都哭出来了。宪宗为了安抚他，将考官外贬，那几个判为"上第"的青年才俊则暂时"冻结"。先前说的"调升"当然没了，后来各自到各地节度使的幕府求发展。

而青年士子严词批评宰相又有其社会背景：李吉甫是"赵郡李氏"后代，是高门世族的代表，因而受到进士出身的寒门士子攻击。后来的牛、李两党，"牛党"几乎都是进士，"李党"包括李德裕在内，很多都"未及第"——未及第而当大官，靠的当然是门第了。

元稹不但是高门，甚至高到了顶——北魏皇室由拓跋氏改为元氏。可是，元氏到唐朝渐渐落没了，元稹家贫，无力延师授业，只能由母亲郑氏亲自执教诗书（元母出身荥阳郑氏，是"天下五甲姓"之一）。元稹十五岁明经科及第，后来又考取了两科，但都不是"进士科"。

唐代科举名目甚多，最热门的是进士和明经两科。不过两科相比也有难易之分，进士科难，"大抵千人得第者百一二"（录取率只有1%至2%）；明经科"得第者十一"（录取率十分之一），因而三十岁考取明经科称为"老明经"，五十岁考取进士称为"少进士"。此所以进士及第成为仕进主流，而进士会瞧不起"非进士"。

元稹因唐穆宗的赏识而入了翰林，与李德裕、李绅同事且齐名，时人称之为"三俊"。因此，当李绅打击李宗闵，而李德裕"落井下石"为父亲出气时，元稹乃站在二李同一阵线。从此，元稹就被归为李党。

然而，元稹跟白居易两度在吏部的任官考试同科及第，更同时担任校书郎职务，两人交称莫逆，还一同倡导新乐府运动，诗作号"元和体"，并称"元白"。但是，白居易却被归为牛党，两人因朝廷党争"政权转移"而外放、内调，好几次在途中相遇，一个出京、一个进京，不胜唏嘘。

过东都别乐天二首（其二）
元稹
自识君来三度别，这回白尽老髭须。
恋君不去君须会，知得后回相见无。

那一年，元稹由浙东观察使受征召入朝为尚书左丞，经过洛阳，白居易当时在洛阳担任一个闲散官，两人相逢唱酬，诗作却一语成谶，从此未能再相见。

元稹与裴度的关系变化更讽刺：裴度的辈分、地位都超越"牛李两党"，事实上不涉入党争。他原本非常赏识元稹，但因为元稹跟段文昌站在一线，裴度后来乃因事弹劾元稹，甚至连韩愈都因此跟元稹疏远了。而跟韩愈关系亲密的张籍（"还君明珠双泪垂"作者），后来也跟元稹保持距离。元稹后来一度风光，当上宰相，全因李党得势；当然，他也随着"政权轮替"下台。

一位才华横溢的文学家，若生在开元盛世，说不定能跟李白、杜甫齐名。可惜处在衰世，陷入政治漩涡，身不由己。元稹的传世诗句"曾经沧海难为水"（原诗是悼念亡妻之作），用在他随党争而浮沉的仕途，竟然也那么切合！

【原典精华】

上问公权:"卿书何能如是之善?"

对曰:"用笔在心,心正则笔正。"

上默然改容,知其以笔谏也。

——《资治通鉴·唐纪五十七》

二七 杜牧潇洒不羁

十年一觉扬州梦

牛李党争的两位"党魁"是牛僧孺和李德裕。虽然两党都互指对方为小人,称自己是君子,但平心而论,这两位"党魁"都不算是"小人"。

宿州(今安徽宿州市)刺史李直臣贪赃枉法,依律应判处死刑。李直臣以贪污所得,大手笔贿赂宦官,宦官乃向皇帝求情。时任御史中丞牛僧孺坚决请求判他死刑。

唐穆宗说:"李直臣有才干,杀了可惜。我想,派他去边疆(对付吐蕃等外患)好了。"

牛僧孺说:"如果是没有才干的人,只是为了衣食妻儿而贪小利,可以不必太担心他们。朝廷纲正法纪,重点应该在管束奸雄,抑制那些有才干的人起妄心。"唐穆宗非常欣赏他这番言论,当场赐给金鱼袋和紫衣,那是高官显爵才能用的服饰。至于李直臣,最后判了死刑。

穆宗朝中有一对父子韩弘、韩公武,两人都身居高位,家财巨万。却在极短的时间内,韩公武突然去世,接着韩弘也去世,只剩稚龄的孙儿韩绍宗继承庞大的家产,家中奴仆甚至跟低级官吏发生争执,告到了御史府。穆宗担心韩绍宗孤弱受欺,下令将韩弘的家产账目全部送进皇宫,亲自查阅。

这一查阅,不得了,几乎所有当权的官员、宦官都收受过韩弘的馈赠。却在账册内看见一行用红笔写的小字:"某年某月某日,送户部牛侍郎钱千万,拒收。"

穆宗为此兴奋不已,拿给左右侍从看,说:"怎么样?我没看错人吧!"不久,任命牛僧孺为宰相。那一次,另一位原本呼声甚高,却因而未当上宰相的,就是李德裕。

而李德裕非但不是小人,并且以提携、照顾孤寒著称。他最后被贬崖州时,就有"八百孤寒齐下泪,一时回首望崖州"的感人场面。

可是,两党的"党人"却都是小人行径:作诗或著书诬陷、抹黑对手,挑拨大臣,结交宦官、藩镇,当然最拿手的还是排挤对手。在那种情况之下,能够同时得到牛、李两党"党魁"赏识者,堪称凤毛麟角,杜牧是其中一个。

杜牧的祖父杜佑当过宰相，到他时虽家道中落，但毕竟仍是书香门第，二十六岁进士及第，开始仕宦之途。穆宗初年，牛李党争开始之时，他才十九岁，步入仕途最初五年，刚好牛党得势，之后换李党当权，接下去再对换。也就是说，杜牧的宦途刚好是党争最烈的时期，因此他无可避免地跟牛、李两人都有所交往。

李德裕第一次拜相，牛僧孺外放淮南节度使（治所扬州）时，就延揽杜牧入幕，先担任节度推官，再转掌书记。前者管刑狱，必须晨入夜归，除非生病，不许外出；后者管文书、号令、人事升黜（油水很多）。这项调动，显然看出杜牧渐渐受到牛僧孺的重用与照顾。杜牧更因此得以享受扬州的宴游生活，并表现在他的文学作品中：

遣怀
杜牧
落魄江湖载酒行，楚腰纤细掌中轻。
十年一觉扬州梦，赢得青楼薄幸名。

其他还有"明月满扬州""歌吹是扬州""春风十里扬州路"等诗句，也都是歌咏扬州的风情。

由于掌书记位居幕府要津，杜牧夜游、宿妓院，治安官吏不敢取缔他，只能打报告给节度使。

有一次，幕府下班了，杜牧被牛僧孺留下来"个别谈话"。牛僧孺说："年轻人好玩可以，但不可夜中独游，万一夜里昏暗，发生什么意外怎么办？"

杜牧起初还抵赖，牛僧孺叫人拿来一个盒子，里面有一百多张（！）报告，杜牧这才谢罪。

杜牧另一首名诗："烟笼寒水月笼沙，夜泊秦淮近酒家。商女不知亡国恨，隔江犹唱后庭花。"则是他在烟花侈靡的场合，兴起的忧国忧民之思。

事实上，杜牧绝非只有风流一面，他也专注于治乱与军事，二十三岁就写《阿房宫赋》，也曾注解《孙子兵法》十三篇。李德裕几番主政期间，杜牧曾两度"上书言兵事"，一次是针对讨伐回纥，一次是针对讨伐藩镇刘稹。

昭义节度使刘从谏去世，将校拥立他的侄子刘稹为节度留后，并向朝廷要求正式任命为节度使。当时皇帝是唐武宗，不愿接受藩镇强索，宰相是李德裕，支持皇帝的强硬立场，调度各镇围攻昭义，可是进展不顺利。

杜牧当时担任黄州（治所在今湖北黄冈）刺史，上书朝廷，说："河北三镇历来都同进退，成德、魏博虽然有派兵参与围攻，但是并不用力。我建议河阳节度使派兵封锁天井关，忠武、武宁、平卢等军直捣上党（今山西长治市，昭义军大本营），用不了几个月，一定可以犁庭扫穴。"李德裕相当程度上采纳了杜牧的建议，后来讨平刘稹，李德裕因此进爵为卫国公。

可是，李德裕对杜牧个人从未有过佳评，也不曾引荐过杜牧任官。原因无他：杜牧被归为"牛党"。

杜牧本人呢？

他跟牛僧孺是晚辈对长辈，从不忌讳自己是"牛党"。上书李德裕提出军事见解，是基于人臣对国是的热心。而他并未受到李党太多"迫害"，则应该是得益于李德裕曾采纳他的建议。

（二八）白居易左右不是

江州司马青衫湿

相对于杜牧能够洒脱地与牛僧孺、李德裕两人往来，另一位试图以不偏不倚立场，独立于党争之外的诗人——白居易，却始终被人贴上朋党标签，无法摆脱。

最初牛僧孺、李宗闵、皇甫湜等，直言指陈时政缺失，使得宰相李吉甫向唐宪宗哭诉，以致考官与考生都被贬斥。白居易当时是翰林学士，上疏为他们辩护，认为那一科既然是"贤良方正直言极谏科"，皇帝既然下了诏"征之直言，索之极谏"，当然就应该"言者无罪"，如今却因直言极谏而贬谪他们，可能因此"上下杜口"，造成不良影响。

这番言论虽然是公平之论，可是李吉甫的亲信却因此将白居易视为牛僧孺一党。虽然当时尚未发生牛李党争，但李吉甫的亲信对李德裕肯定有极大影响力。

终于，给他们逮到反击的机会。

前篇"宰相遇刺"一章述及，宰相武元衡在通衢大道上遇刺，死状甚惨，白居易为此上疏，急请捕盗，"以雪国耻"。当时这类上疏很多，可是李党这下逮到了白居易的小辫子：白居易时任太子左赞善大夫，性质是"宫官"，不是"言官"，上疏有"逾越职分"之嫌，于是参了他一本——你之前帮言官讲话，如今你不是言官，不能"言者无罪"了吧！

在此之前，白居易曾任左拾遗，属于谏官，可是他上疏用词太过"直白"，惹得唐宪宗不舒服，曾说："白居易无礼，朕实难耐！"因此，这回被参，白居易乃被诏贬江州（治所在今江西九江市）刺史。贬谪途中，对手再次追击，指其母亲因看花坠井而死，而白居易居然作"赏花"与"新井"诗，如此不孝之人，不宜当郡长官，因此再贬一级为江州司马。事实上，诗是他作的，但那两首诗是不同年份的作品，更不是母丧前后所作！

于是我们得以体会白居易谪居九江时的心情：

琵琶行（节录）
白居易

……

同是天涯沦落人，相逢何必曾相识。
我从去年辞帝京，谪居卧病浔阳①城。
浔阳地僻无音乐，终岁不闻丝竹声。

……

座中泣下谁最多，江州司马青衫湿。

白居易这首脍炙人口的《琵琶行》有一叙述，其中写道："余出官二年，恬然自安，感斯人言，是夕始觉有迁谪意。"外放两年才因琵琶女而自伤贬谪，白居易绝非违心之论，因为他一生不追求权位。但问题在于，他跟牛僧孺的私交太好了！例如他在江州司马任上，曾寄一首诗给牛僧孺及另外两位朋友，诗句有"终身胶漆心应在，半路云泥迹不同"——既然"终身胶漆"，难怪别人将他归为牛党。

白居易在江州待了三年多，宪宗驾崩，穆宗继位，诏命移调忠州刺史，旋即召回京师。可是，接着就发生了党争台面化的那次制举考试。白居易发现，他身在朝廷，难以置身党争之外，可是他完全不愿意卷在党争之中，于是他主动请求外放。

---

① 浔阳：江州临长江的城楼，位于今九江市中心区域。

隔年，唐穆宗诏命白居易出任杭州刺史，他因而得以避开第一轮的党争（五年之中，李逢吉、李宗闵、牛僧孺先后拜相，元稹、李德裕皆下台外放），在杭州、苏州当刺史，与元稹、刘禹锡酬唱往来，不亦乐乎。

杭州刺史任上，白居易致力于兴修水利。杭州西湖有一道"白堤"，相传是他任内所造，但那是因为有"护江堤白踏晴沙"的诗句误传。白居易真正的治绩是将西湖清淤，增加蓄水，舒缓旱灾灾情，并作《钱塘湖石记》，将他治理西湖的方法，刻石置于湖边，供后来治西湖之参考。

等到再被召回长安，皇帝换成了唐文宗。文宗很欣赏白居易，有意任命他为宰相。那时李德裕是首席宰相，文宗征询他的意见，李德裕说："白居易年老多病，恐怕不堪朝廷重任，他的堂弟白敏中诗文、学问不亚于他。"于是拉拔白敏中为翰林学士，而白居易则继续闲置。

白居易的好朋友刘禹锡，送了一些白居易的文稿给李德裕。隔了好一段时间，刘禹锡去拜访李德裕，问起："看过白居易的文稿了吗？"李德裕这才叫人拿来看。一整箱文稿，箱子外面厚厚一层灰尘。

李德裕打开箱子，旋即阖上，对刘禹锡说："此人的文章，不必看了。"

这就是党争最糟糕的地方：再好的人才，再好的文章，再好的政策主张，就因为是"对立一党"，就"不必看了"！

然而，白居易不以此为憾，他六十八岁致仕（退休，领半薪），与洛阳香山寺僧人往来密切，穿着白衣，拿着鸠杖，自号香山居士——牛李朋党之争，对他而言，是"人间烟火事"，不闻不问了。

二九 刘禹锡我行我素

前度刘郎今又来

白居易与元稹并称"元白",另一位与他并称"刘白"的是刘禹锡,也是"不涉入牛李两党,却因党争受害"的一位文学家,可是他的"受害"内容,却与元白大不相同。

刘禹锡跟白居易同年生,只是他出道很早——白居易与元稹初入仕那一年,刘禹锡已经进入权力核心。

前文提及一位有心改革却欲振乏力的唐德宗李适,晚年健康状况不佳,却遇到一个重大打击——太子李诵突然中风。

元旦(正月初一)朝会上,所有的李姓亲王与皇亲国戚都到金銮殿晋见,独不见太子李诵。唐德宗涕泪横纵,哀叹不已,当天就卧病不起。病情一天比一天严重,一连二十多天,内外消息断绝,官员都不知道皇帝跟太子是否平安。

终于,宫内召唤翰林学士入宫撰写遗诏。太子李诵抱病出九仙门,召见禁军将领,以安定人心。三天后,李诵登极(唐顺宗),宫廷卫士踮起脚跟、伸长脖子窥探,耳语传话:"真的是太子!"人心这才大定。

但是,李诵事实上已失去语言能力,一直住在宫里,床前悬挂帐幕,百官奏事须由宦官转呈批示,这种情况持续了将近十天,唐顺宗李诵才正式接受百官朝见。

顺宗的身体不好,朝政通通交给他最亲信的王叔文。

王叔文工于心计:他在担任太子侍读时,经常利用机会向李诵陈述民间疾苦。有一次李诵跟几位太子侍读谈话,讲到"宫市"为害,说:"我想要对父皇强力提出,反对宫市!"在场一片赞扬之声,只有王叔文闷不吭声。会后,李诵要王叔文单独留下,问他:"你常常跟我说宫市为害,方才为何一句话也不说?"王叔文说:"我承蒙太子看重,不敢隐瞒任何事情。然而皇上在位已久,如果怀疑你刻意收买人心,你要如何解释?"李诵当场顿悟,流着泪说:"若不是你,我不可能想到这些!"从此对王叔文完全信任。

王叔文于是建议太子,在心里组织"影子政府",秘密结交翰林学士韦执谊,同时结合一批新锐官员,其中就包括刘禹锡与前文说过的柳宗元。

李诵登极成了唐顺宗,首先擢升韦执谊为宰相,王叔文则升为翰林学士。百官奏章一律先交翰林院,由王叔文决定批准或批驳,然后以皇帝名义送到中书省,交由韦执谊负责执行。

而王叔文在宫外的党羽,刘禹锡、柳宗元,以及韩泰、韩晔、陈谏等,也就"一人得道,鸡犬升天",组成执政小圈圈。这一群权力新贵,互相吹捧,你说我是伊尹(商汤的宰相),我说你是周公,我说他是管仲,他说我是诸葛亮,简单说,得意忘了形!

然而,"王叔文党"(后来被贴上的标签),既然是一批新锐,自然也做了一些改革,冲击最大的就是撤除"宫市"。

什么是宫市?"宫"就是皇宫,"市"就是买卖。皇宫的采购是宦官的油水。唐朝在开元盛世之前,宫中规矩森严,唐玄宗虽然宠信宦官高力士,高力士的影响力也只及于皇帝一人。可是唐肃宗以后,宦官弄权成为常态,宰相、藩镇、朋党都要贿赂宦官。当然,那些大权、大利只有当权大宦官才能享有,其他中低层宦官的油水,就来自宫市。

宦官的贪念和胆子愈来愈大,起初还仅止于强行征购,后来干脆派出"白望"——穿着白衣在市场东张西望,看中什么,只要说是"宫市",老百姓便大气也不敢吭一声,乖乖奉上。而他们用以买东西的"货币",却是将破绸染成紫红色,撕成条状、块状给付。于是有下面这首诗:

卖炭翁

白居易

卖炭翁，伐薪烧炭南山中。

满面尘灰烟火色，两鬓苍苍十指黑。

卖炭得钱何所营？身上衣裳口中食。

可怜身上衣正单，心忧炭贱愿天寒。

夜来城外一尺雪，晓驾炭车辗冰辙。

牛困人饥日已高，市南门外泥中歇。

翩翩两骑来是谁？黄衣使者白衫儿。

手把文书口称敕，回车叱牛牵向北。

一车炭，千余斤，宫使驱将惜不得。

半匹红纱一丈绫[①]，系向牛头充炭直[②]。

这哪里是买卖？根本是抢劫！

另一项宦官恶行是"五坊小儿"。所谓五坊，是为皇家玩乐而设的：雕坊、鹘坊、鹰坊、鹞坊、狗坊。宦官不务正业，派小宦官在长安街巷张罗网、捕鸟雀，用来勒索民商，不付钱买鸟雀的，就把罗网设在他家门口，不准他家人出入。稍微靠近，就警告："你吓到了进贡的鸟！"直到店商拿钱出来"赎罪"，才扬长而去。

---

① 绫：薄的丝织品。
② 直：通"值"。

王叔文"党"将这些弊端都"革"了，人心大快，因而也有人称之为"永贞革新"。而宦官虽然痛恨，由于唐顺宗一切都听王叔文的，也只能忍气吞声。

可是顺宗身体实在不行了，终于宦官联合大臣，由翰林学士撰写册立太子的诏书，再由宦官写一张字条，上面写着"太子应立嫡长子"，拿给病榻上的唐顺宗看。唐顺宗点了点头，宦官就拿着诏书，出去"宣诏"了。

过几天，唐顺宗体力可以，登宣政殿，册立太子李纯。文武百官看见李纯仪表堂堂，互相道贺，甚至有人感动流泪。只有王叔文神色忧虑，口中吟咏"出师未捷身先死，长使英雄泪满襟"诗句，听到的人都为之失笑。

下一步，宦官让顺宗交出大权，先由太子"句当"（全权处理）军国大事，然后退位称"太上皇"，由李纯登极。

李纯就是"元和中兴"的唐宪宗，一即位，就贬王叔文为渝州（今重庆市）司户参军，隔年，下诏赐死。"出师未捷身先死"，一语成谶。

王叔文垮了，"王党"也通通外放，包括柳宗元为邵州（今湖南邵阳市）刺史，刘禹锡为连州（今广东连州市）刺史。他们走到半途，再追贬：柳宗元为永州（今湖南永州市）司马，刘禹锡为朗州（今湖南常德市）司马。

"八司马"外放十年以后才被召回长安。还在等候任命新职，刘禹锡却因一首诗《元和十年自朗州至京，戏赠看花诸君子》惹祸上身：

> 紫陌红尘拂面来，无人不道看花回。
>
> 玄都观里桃千树，尽是刘郎去后栽。

这首诗明着批评当道，当时的宰相是武元衡（前文述及在大街上被刺杀那位），发动谏官上疏，重提"王叔文党"旧事，于是再贬柳宗元为柳州刺史，刘禹锡为播州（今贵州遵义市）刺史。

柳宗元认为，播州地处蛮荒，刘禹锡上有老母，不可能母子一同赴任，有意请求跟刘禹锡对调。

御史中丞裴度（后来平淮西的总指挥）向皇帝求情："刘禹锡的母亲年迈，跟儿子生离，无异于死别，使人伤感！"

宪宗说："为人子尤应自爱，不该令父母担忧，刘禹锡竟然教老母为他担忧，实应加重惩罚。"

裴度说："陛下正奉养皇太后，应该怜悯刘禹锡。"

唐宪宗想了好久，说："我的话是责备人子，并不想伤慈母之心。"隔天，下诏改派刘禹锡为连州刺史——十年前没去，这次终于去了。

四年后，刘禹锡母亲过世，他回洛阳守丧，丧期满，再外放夔州与和州刺史。等到再被召回长安，他又去了玄都观，又作诗《再游玄都观》：

> 百亩庭中半是苔，桃花净尽菜花开。

种桃道士归何处？前度刘郎今又来。

两首诗相隔十四年，皇帝换了三位，牛李党争也已白热化。虽然当时正好是牛党领袖牛僧孺、李逢吉都罢相外放，而李党领袖李德裕尚未拜相的"空档"。刘禹锡诗文讽刺的对象，则是针对十四年前的"种桃道士"，并未讽刺当道。可是，当时在位的宰相们，对自己被比喻为"种桃道士"，也不十分高兴。因此，刘禹锡就此被冷冻了两年。直到李德裕当宰相，刘禹锡才得重用。

虽然跟李德裕私交甚笃，但刘禹锡从来不是"李党"。事实上，他恃才傲物，从来不把那些追求权力的文人看在眼里。看他的散文《陋室铭》就明白了：

陋室铭
刘禹锡

山不在高，有仙则名，水不在深，有龙则灵。斯是陋室，惟吾德馨①。苔痕上阶绿，草色入帘青。谈笑有鸿儒，往来无白丁。可以调素琴，阅金经②。无丝竹之乱耳，无案牍之劳形。南阳诸葛庐，西蜀

---

① 馨：香气。意指"因为我的德行高，陋室才有了香气"。
② 金经：佛家《金刚经》。

子云亭①。孔子云:"何陋之有?"

刘禹锡临终为自己写墓志铭:"这一生不算早夭,境遇也不卑贱,是天生的福分。虽然多灾多难,是命中注定,无须怨尤。上天赋予我才能,却不让我施展。尽管有人诽谤,我却心无忧虑。安卧在北窗之下,我的生命已到了尽头。……"

他事实上做到了,我行我素,管他是牛党还是李党!

---

① 子云亭:西汉文学家扬雄,字子云。诸葛亮出山之前住草庐,扬雄未显达时住草亭。

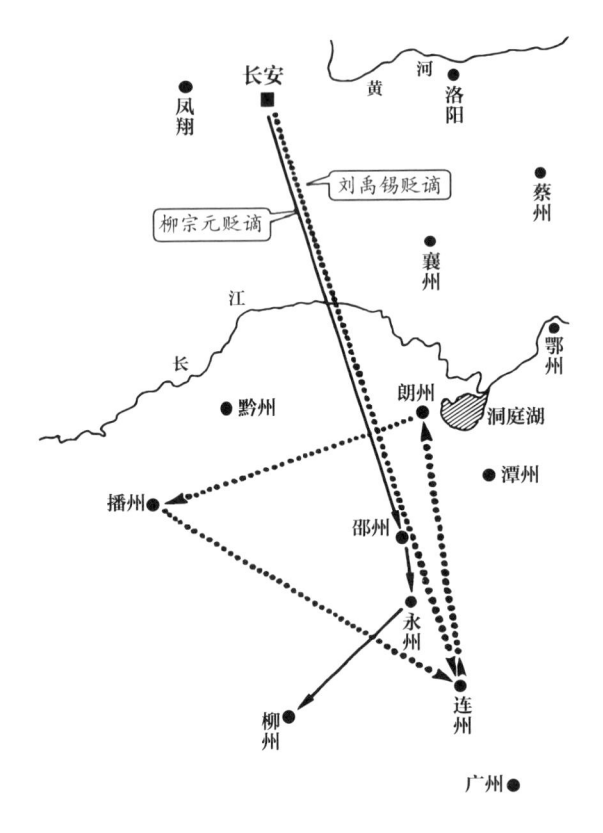

△柳宗元、刘禹锡贬谪

三十 李商隐怀才不遇

一生襟抱未曾开

相对于刘禹锡的洒脱,李商隐一生自认为怀才不遇。只因李商隐的时代正是牛李党争最激烈的时代:登进士第那一年,牛僧孺与李德裕都已拜相又外放;过世前九年,牛、李已先后过世。易言之,李商隐既没有家世背景,就只能随党争的漩涡浮沉;又因他未能进入朋党核心,于是终生不得一展抱负。他的好友崔珏为他写的悼亡诗:

哭李商隐其二

崔珏

虚负凌云万丈才,一生襟抱未曾开。
鸟啼花落人何在?竹死桐枯凤不来[①]。
良马足因无主踠[②],旧交心为绝弦[③]哀。
九泉莫叹三光[④]隔,又送文星[⑤]入夜台[⑥]。

诗中"良马无主"则是最为贴切的描述。公平点说,李商隐其实也不是没有机会,只是他"太聪明"了,好比良马"转槽"太快,在朋党壁垒分明的年代,想要多方讨好,终致都不讨好。

李商隐是个天才儿童,"五年诵经书,七岁弄笔砚",十七岁就以诗文干谒天平节度使令狐楚。

令狐楚当过宰相,因与裴度意见不合而外放,但他因出身政治世家,在长安政坛的影响力始终维持。他让李商隐跟两个儿子交往,并资助他进京考试。考了几次都没中,终于在令狐家的好朋友高锴当主考官那一次,李商隐"刚好"登

[①] 相传凤凰"非竹实不食,非梧桐不栖",崔珏以李商隐为凤凰,说他一生未得好机会。
[②] 踠:wǎn,屈曲。
[③] 绝弦:断琴弦。引"伯牙为钟子期终生不再弹琴"的故事。
[④] 三光:日月星。
[⑤] 文星:文曲星。
[⑥] 夜台:坟墓。

进士第。

唐朝的进士及第只是任官资格考，必须再经过吏部考试"登科"，才能授官。可是令狐楚却在那一年过世了，李商隐无法在长安得到官职，于是他投靠姨丈河阳节度使王茂元，为幕府掌书记。王茂元爱其才，将女儿嫁给李商隐，于是姨丈又成了岳父。

王茂元是个武将，将门出身，家财丰厚，跟李德裕私交甚笃。在讨伐昭义节度使的战争时，李德裕担任宰相，对王茂元增援军、供兵甲、弓矢。因而，虽然武将未涉及党争，可是由于"牛李不并存"，王茂元乃被贴上"李党"标签。

偏偏令狐楚是"牛党"：其实他的辈分高于牛僧孺，只因他先跟裴度对立（裴度也没有朋党，但他的对头段文昌是李党），后来又跟元稹（李党）不和，当遭到元稹排挤时，牛党的李逢吉对他伸出援手，于是他就被归为牛党。

当李商隐投靠王茂元，可以想见牛党中人对他的不谅解，尤其是令狐楚的儿子令狐绹。他俩年轻时曾是好朋友，可是李商隐居然"恩将仇报"投向敌营，令狐绹当然至为光火。李商隐对令狐绹亦怀抱歉疚，曾经写了一首诗给令狐绹：

寄令狐郎中
李商隐

嵩云秦树久离居，双鲤迢迢一纸书。

休问梁园旧宾客，茂陵秋雨病相如。

这首诗引喻与用典皆属上乘：嵩山在河南，用"嵩云"和"秦树"比喻他跟令狐绹，一在河南，一在长安。然后用了司马相如的典故：司马相如年轻时曾经在梁孝王幕下为宾（梁园是梁孝王的园林），而晚年则病居长安附近的茂陵。一方面叙旧情，一方面说明，自己若留在长安，没有仕禄，可能成为"病相如"了！

造化弄人，王茂元过世了。李商隐回到长安找出路，多次派差，却始终没有好职缺。这时，新派任桂管观察使（治所今广西桂林市）的郑亚找上了他，聘他为判官，于是他又去到桂林。而郑亚是李德裕的嫡系干部，这下子，李商隐的"李党"标签再也撕不下来了。隔了几年，李德裕垮台，被贬放潮州司马，郑亚也降贬循州（今广东惠州市）刺史，李商隐跟着他在岭南流浪了三年，才又回到长安。

潦倒的李商隐不得已写信给令狐绹，此时牛党全面得势，当权宰相是白敏中（白居易的堂弟），令狐绹位居翰林学士，居权力核心。他拒绝了李商隐的求助，李商隐乃只能屈身于低级官职。京兆尹卢弘正很欣赏李商隐，可是不敢太重用，直到卢弘正外放武宁节度使（治所今江苏徐州市），才聘他为掌书记。

至此，牛僧孺、李德裕都已过世，牛李党争落幕，令狐绹则当上了宰相。卢弘正病故后，李商隐再回到长安，令狐绹给了他一个"太学博士"的官,算是李商隐一生最高位的京官。

可是李商隐已经对仕进死了心,柳仲郢出任东川节度使,邀请他入幕,他毅然放弃了太学博士这个清高、清闲且俸禄不错的京官,跟着去东川当节度判官。他游历了当年诸葛亮北伐时,驻军筹划的筹笔驿,触景生情,作诗句"管乐有才真不忝,关张无命欲何如?"意思是,诸葛亮自比管仲、乐毅,才能其实也不逊于管仲、乐毅,只可惜关羽、张飞等猛将已死,北伐功业终究不能成功,即使诸葛亮也只能徒呼负负。

这应该是李商隐自况,空负才华却卷在党争漩涡中,徒呼负负吧!

尾声
落花流水

李德裕比牛僧孺晚一年去世，那时候的皇帝是唐宣宗李忱。宣宗是大唐倒数第五个皇帝，连他在内，到大唐灭亡，合计六十一年。大致上，大唐盛世（开国到安史之乱）一百三十余年，由盛转衰（也就是安史之乱以后）期间近百年，之后就是尾声。

牛李党争结束，唐宣宗一度振作，号称"大中之治"，史书记载：权豪敛迹、奸臣畏法、阉寺慑气。也就是没有权奸（如李林甫、卢杞），没有党争，也没有宦官弄权。对外则一再击败吐蕃、回纥、党项，收复河湟地（今青海东部，黄河与湟水之间的河谷地，安史之乱后被吐蕃据有）。可是宣宗在位只有不到十四年，好景昙花一现。之后发生黄巢民变，一度攻进长安，此后朝廷遂形同虚设，藩镇割据形同分裂国家，终至进入五代十国。

唐诗的兴盛则延续到五代，也出了不少有才气的诗人。然而，由于国势已衰，多见嗟叹，少见豪壮。